U0781953

1
2
3
4
5
6
7
8
9
1-17
10
11
12
13
14
15
16
17

18

19

20

21

22

23

25

24

30

29

26

27

31

28

32

33

34-51

52-69

1 马蔺
2 天山鸢尾
3 卷鞘鸢尾
4 蓝花卷鞘鸢尾
5 高山杜鹃
6 款冬
7 望春玉兰
8 蔓龙胆
9 龙胆
10 四照花
11 老鹳草
12 耧斗菜
13 假报春
14 鄂西卷耳
15 毛杓兰
16 马先蒿
17 报春花
18 斑唇兰
19 西藏杓兰
20 西南鸢尾
21 糙苏
22 鼠尾草
23 全缘叶绿绒蒿
24 总状绿绒蒿
25 久治绿绒蒿
26 金莲花
27 狼毒
28 鬼箭锦鸡儿
29 黑萼棘豆
30 紫堇
31 银莲花
32 乌头
33 巨花马兜铃

走！跟着山鹰识花草

朱敬恩 著

SPM 南方传媒
广东科技出版社
全国优秀出版社
·广州·

目录

野芳幽香

青海省

陕西省

江西省
福建省
广东省

野芳幽香

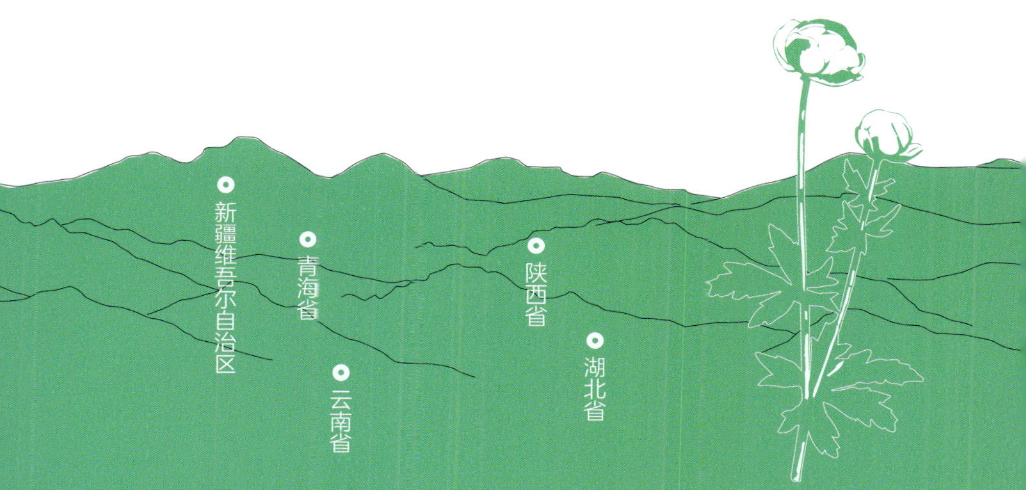

甘肃省
四川省
安徽省
上海市
福建省

01

爱使的裙摆
——鸢尾花

我在欣赏野花的时候会格外留意鸢尾花，不仅仅是因为它有一种与众不同的美，也因为有那么一点点巧，我认识研究鸢尾花的肖博士。我和肖博士是在植物分类群里认识的，起因是我在群里发了一张鸢尾的图片，请大家帮忙定种。肖博士回复之后，问了我一句：以后在野外遇到鸢尾，是否都能帮忙留意并记录一下？这我必须满口答应啊。

可能很多人和我一样，没接触鸢尾花之前，以为它们是外来花卉，被驯化后种在公园或者绿化带里。其实鸢尾属花卉很大一部分原产地就在中国，其中有一种便是著名的中国鸢尾，也就是我第一次见到的野生鸢尾属植物——马蔺 1 。

⊙ 青海省

马蔺

天山，五月，早晨 7 点 40 分，密不见人的大雪从黎明时分就开始落了，它刚刚停下，阳光就升起在草原上，寒雪化成无数的珍珠，洒满草原。此时那丛马蔺的花与叶皆是晶莹剔透，闪着蓝紫色的光芒，它似乎尚未从那场突如其来的风雪中缓过神来，还有些瑟瑟发抖。和我一起在草原上观鸟的朋友说，这就是儿歌里的“马兰花”。

“马兰花，马兰花，风吹雨打都不怕……”我情不自禁地对着它念叨起来。

此后很长一段时间，我都很怀念那片开满马蔺的草原，然而当我再度和再再度去造访那里的时候，春天都已经擦身而过，只看到长剑一样的叶子，朝着天，直挺挺地蓬勃。

这一次不一样，来得正是时候，三江源地区的鸢尾可以开得一眼望不到头。马蔺似乎偏爱湿润的草地；锐果鸢尾喜欢在溪岸听泉；在相对干旱的草原上，天山鸢尾[2]把根扎得很深；而黄河源头的海拔太高，卷鞘鸢尾[3]和蓝花卷鞘鸢尾[4]几乎只能贴地绽放。唯一的遗

天山鸢尾

2

卷鞘鸢尾

憾是我的身体在这里不太适应，往往蹲下来还没拍几张照片就已经气喘吁吁，所以并无什么像样的记录。一路上我总想着，能否遇到某种罕见的鸢尾，好给肖博士一个惊喜。遗憾得很，并没有。肖博士并未嫌弃我发给她的那些图片，甚至将其中一张用作著作封面，送了我一个惊喜。

鸢尾花的特别之处在于它的 3 个花萼和 3 个花瓣看上去都像是花瓣：花萼下垂如裙摆，花瓣挺立如旗帜，有一些种类还有 3 枚由雌蕊异化成的长舌形瓣儿，从

3

蓝花卷鞘鸢尾

中间斜伸出来，整朵花因此看上去就有了 9 个“花瓣”，迷惑又有趣，像令人琢磨不透的爱情。不信你去看看梵高和莫奈笔下的鸢尾——生动又神秘。

风中微微颤动的鸢尾花总让人想到翩翩起舞的蝴

蝶，可如果鸢尾花真的会飞，恐怕蝴蝶就要妒忌了。有的鸢尾花有淡淡的香气，地下茎块提取物可以用来制造香水。不过在三江源寒冷的旷野中，你需要贴得很近才能察觉到它的气味——鸢尾花的香气闻起来让人有舒缓的感觉，但也可能是当你这样做的时候，因为弯腰压迫心脏，于是不自觉地开始大口吸气，才有了这样的效果。在三江源，我始终未能真正仔细地去观察一朵鸢尾（我说的是类似植物解剖一样的观察方法），这不仅仅是因为我无心辣手摧花，也是因为那一丝丝香气让我对其倍加爱惜。

法国的国花就是香根鸢尾，这个以浪漫著称的国度为什么会选择鸢尾？有可能是因为它的名字 Iris pallida 和希腊神话中的彩虹女神同名，所以它是爱的使者，代表着好消息；也有可能是鸢尾象征光明和自由，是法国人最引以为豪的法国大革命精神的绝佳代言；法国王室的徽章上也有鸢尾的图案，从路易六世开始，黄色的香根鸢尾就出现在王室印章和铸币图案上，装饰着国王蓝袍，是法国王室的象征。

看来，无论是向往自由的民众，还是渴望大权在握的独裁者，都会被鸢尾的魅力征服。就这样，鸢尾用它的美，让世界实现了“人人平等”。

02

秦岭满地春
——高山杜鹃、款冬及其他

一入秦岭深似海，春花不尽不出来。

这么说不免夸张，毕竟四月的秦岭还有很多地方冰雪未消，而且我们也不过是在山沟沟旦转了几天而已，哪里会晓得这山中的春花究竟有几重？实在是一路繁花似锦，让人无法忘怀，忍不住地，记忆就偷偷地自我放大。

印象最为深刻的当然是高山杜鹃 5，含苞的、零星绽放的、满树怒放的，秦岭有百花，唯有这高山杜鹃开得嚣张，开得目中无人，不将你的注意力统统吸引过去誓不罢休。然而怪诞的是，相机很难呈现它的气势。高山杜鹃那种大朵大朵簇拥而成的明媚，是杨贵妃式的美，是只在亲眼见到她的人心中撩动波澜的美颜，至于错过

⊙ 陕西省

的人，指望通过文字或者历史的画像去理解，是不得其味的。

我手里有著名杜鹃花研究专家耿玉英老师的一本著作——《中国杜鹃花属植物》，本以为对照图片去鉴定这次所拍的高山杜鹃应该不成问题，可一翻书，才发现这高山杜鹃变化万千，我这个外行只好作罢。

同行的关大哥似乎对秦岭里的小花更加情有独钟。

杜鹃

5

我在为未能赶上满山的紫荆怒放而略有惋惜的时候，他蹲在路旁拍堇菜；我在拍山樱如雪、李花如云的时候，他蹲在路旁拍堇菜；我在拍报春如大地的笑颜、连翘似春神的鬒装的时候，他还蹲在路旁拍堇菜。我就好奇了，这一路堇菜虽略有些不同，不过看上去都差不离，怎么就拍个没完没了？关大哥说，因为他最近得知一个同学是研究堇菜的专家，同学告诉他全国有 500 多种堇菜，被研究的不过 200 种，而秦岭至少有 20 多种还不为人知，所以“逢堇菜必拍”成了他此行的“任务”。

我们这些动植物的业余爱好者，若能为科学研究提供一点资料，倒也真是善事一件。以鸟类研究为例，近年来很多新发现、新的数据都是得益于民间观鸟团体的快速成长。

人在莽莽秦岭腹地行进，路漫漫似乎没有尽头，仿佛永远都走不出这座大山，也真有点不想走出去了。溪水就在路边，泛着翡翠的翠绿色，躺在溪谷的大石块上，阳光的温度正好可以赐予我们一个完美的午睡。流水的喧闹声、山风在树林中的秘密私语，甚至鸟鸣，都一点点地弱了下去，最后在梦里都化作春色斑斓。等到梦醒耳聪，世界又是焕然一新。此中之妙，不足以为外人道。

即便你问，这一路究竟哪一种小花儿最让人欣喜？我依旧是无法回答，因为确实不知道。

款冬

我遇见了款冬[6]，之前并不曾见过，只当作是很奇特的“野菊花”。惊讶于它根根独立又簇拥如繁星的奇特形态，还有那亮如灿阳的金色招摇无比，这才俯身用相机去记录。拍完了，查阅资料的时候才意识到，这便是大名鼎鼎的款冬，是众多植物爱好者的梦想。有个北京小伙就曾徒步十公里，只为看一朵款冬，而此刻我的眼前，一丛、一簇，一片连着一片。我将照片发给那个小伙子，告诉他以后无需跋涉，看这几张照片就得了。洋洋得意不过几秒钟，旋即意识到，我怎可忽视了他寻花路途上的心思？那种历经艰辛所得的一见，又何尝是我能拥有的灿烂体验？

6

玉兰也是极好的，娴雅与高贵相得益彰。我们特地去看一株望春玉兰[7]花王，可惜花期已是尾声，站在巨大的树干之下，对着满地落红，遥想当初盛世华容，其凋零之美让人不免心痛。倒是附近农家的门前，桃儿、杏儿全将花儿开得熠熠生辉，一副多子多福的派头，就连花下拴着的那只看门狗也都一脸心满意足。

啊，对了，还有淫羊藿，柔毛淫羊藿像精灵们提的灯笼，就在路边，照亮行人的脚步。其纤细的枝、纤细的叶、纤细的花，如细铃铛儿拦着山风，做隐秘的响乐声。可惜啊，世人何曾在意这些，只知道依据自己的揣度，在意它子虚乌有的神秘药性。大秦岭啊大秦岭，你的花花世界，究竟于人世间留下了怎样的印记？

在秦岭，我还见到一种奇特的植物，尚未到花期，只见着了巨大的叶子。那是荞麦叶大百合，生长在崖石边。它似乎用尽了寒冬蓄积的力量，否则怎么会有种要从叶片中满溢出来的油亮感？我想不出来等到花开的时候它究竟会是什么模样。

望春玉兰

朋友告诉我，开花时其花莛比人高，直立，其上着生一串

7

大喇叭花。此物种子萌发出苗后，前几年都只有叶片，不开花，积蓄能量。待开花时其下部鳞茎营养耗尽，开花、结果后整个植株就枯死了。

从西安到秦岭，有的人是走进来之后便急忙忙又走了出去；有的人是进来了之后就走不出去；而有的人，是真的再也不想走出去了。

此生不能与花伴，纵有千金亦枉然。

知识扩展

什么是砧木?

●嫁接时，用来承接接穗的部分。通俗点打个比方说，要把一棵普通桃树通过嫁接变成阳山水蜜桃，只需要取阳山水蜜桃合适的嫩枝，插在普通桃树的合适部位上。这嫩枝，就叫接穗；这原来的普通桃树，就叫砧木。

03

天天天蓝——龙胆花

我在云南哀牢山夜观的时候，手电照到路边的山坡上，闪过一片靓丽的蓝紫色，定睛一看，是龙胆花。身旁的朋友说这是滇龙胆（龙胆科龙胆属植物）。

走着走着，又看到山坡上有一大串蓝色的花，看着也像是龙胆，但仔细看，却与先前簇生的滇龙胆不同，是藤本的，有些搭在枝头垂下来，像一串蓝色的风铃，相当惹人爱。又有人告诉我，这是云南蔓龙胆 8（龙胆科蔓龙胆属植物）。

每次去西部高海拔地区，龙胆都是不可或缺的存在。它们那么艳丽，是高原上无法忽视的风景线。很多人都将龙胆花与报春花、高山杜鹃、绿绒蒿并称为高原花卉中的四女神，足见其美。

⊙ 云南省 青海省

龙胆花的花形都差不多，像一个细长的碟口杯，只不过碟口裂成 5 瓣（少数也有 4 瓣的，如昆明北郊可以见到的四数龙胆），裂片之间还有短一些的褶，形成错落有致的花冠。印象中，生活里最像龙胆花的器物，要数山东省博物院里的蛋壳黑陶杯，蛋壳陶薄得让人害怕，龙胆花美得让人心动。总之，观赏它们都是心惊肉跳的感觉。

也许你会觉得这么说太夸张了，可我真没骗你。龙胆花大多都生活在高海拔地区，很多都在海拔 3 000 米以上，这种地方人走路都容易喘，此时一大簇蓝紫色的龙胆花突然在你面前盛放，将高原纯净的天空蓝都比得相形见绌，你要不要停下来俯身细看？要不要蹲下来拍？或者干脆趴在地上，尽可能地以平视的角度去看它，顺便将远处雪山作为背景一同记录下来？如此一折腾，哪有心跳不加速的道理！

这么引人瞩目的龙胆 9 ，当然早就被我们的先祖记录在案。在《本草纲目》中，龙胆被描述为“叶似龙葵，味苦如胆，因以为名”。不过这个记录并不完全准确，至少我在青藏高原地区见到的龙胆属的植物，植株都很矮小，几乎都是贴地而生，叶片各式各样，有的像堆叠的小瓦片，有些像缩小版的竹叶，还有些交错叠在一起，就像一朵朵绿色的小玫瑰，总之与龙葵相去甚远。海拔

蔓龙胆

低一点的地方，比如我们在哀牢山看到的滇龙胆和云南蔓龙胆，海拔在 2 500 米左右，植株明显高大不少，叶片也舒展，但也不大像龙葵，所以古人说的“叶似龙葵”的龙胆究竟指的是哪种，只能有待专家考证了。

至于龙胆的味道是否苦如胆，我是没尝过，但是既然几乎所有的药书上都这么说，大概不会错。龙胆泻肝丸是著名的中药，最典型的功能就是“去火”，凡是能

龙胆

9

去“火”这种东西的，在中药里大概率是极苦的。

青藏高原上的草甸、灌丛、沼泽湿地甚至流石滩上，都能看到龙胆花倔强又美丽的身影。和其他高山花卉一样，为了抵御强烈的紫外线照射，龙胆花体内集聚了大量的花青素，所以绝大多数都呈现出蓝紫色；少数选择了方案二，干脆不要色素，而是花瓣里充满了小气泡，于是我们就看到了白色的龙胆花。

印象中龙胆花在阳光灿烂的地方开得格外好，这也可能是我的认知偏差，因为盛产各种龙胆花的青藏高原本来就阳光灿烂，无遮无拦。不过我在昆明西山、哀牢山甚至华南等地见到的龙胆，虽然在山林里，也多是生活在阳坡。很少有花儿不喜欢阳光，但要经受得住阳光炙热的爱也不是一件简单的事，龙胆算是做到了。

尽管大多是蓝紫色，但是每一种龙胆花的色彩都不一样，千差万别，有些浓郁得就像是落日后的暮色，有些淡爽得就像雨后初晴的天空，还有一些，则是晨曦中峰峦的灰紫色，又经由薄雾的调和……如此美的色彩，人看着看着不免冲动，会伸手去触碰一下。通常这不会发生什么，但是在青藏高原上的一次经历，让我难以忘怀。

那是一朵青藏高原草甸上很常见的假水生龙胆，和其他草甸花卉一样，很矮，不足 5 厘米高。我拍摄的时候无意中碰了一下花，没想到它的花冠竟然一下子就缩了起来，好像我伤害了它一样，搞得我一时间不知所措。我试着碰了一下剩下的几朵，毫无例外，花冠都很快蜷缩起来，退缩成了花苞的模样，仿佛时光倒流，神奇极了，比含羞草还有趣。

当然不是所有的龙胆花都会这样，比如哀牢山的滇龙胆，我用手机拍微距的时候顶上去好几次，也没见它有任何变化。现在我知道这属于“花瓣触敏闭合”现象，当初不懂缘由，去查资料，发现真的有植物学家研究了假水生龙胆的这一现象。由于花非常矮小，在排除了风、动物啃食会引起花瓣闭合的可能性之后，就只剩下昆虫造访了。答案与一种不走寻常路的熊蜂有关。体型较大的它无法钻进花房，于是耍流氓，直接在花冠筒外侧的基部扎一个洞，盗取花蜜。这很容易破坏子房，影响龙胆的结实。针对西域龙胆（另一种也有“花瓣触敏闭合”现象的龙胆花）的观察统计发现，熊蜂采蜜后，它们近乎百分百会关闭花瓣，而熊蜂对闭合后的花朵则明显没有什么兴趣。即使没有讨厌的熊峰作祟，很多高原上的龙胆花也都有昼开夜合、晴绽雨闭的特征。条件适宜的时候，花瓣的内表面迅速增长，而外表面则不会，此时花开，吸引昆虫前来传粉：反之，外表面生长得更快，花儿闭合，减少低温和雨水对雄蕊或柱头上的花粉

9

龙胆

粒的伤害，提高繁殖效率。

我曾在青藏高原东缘的山地看到一簇龙胆，那天天气很不好，一场暴雨刚过，天还阴沉着，花儿都没开，当时我以为是未到花期，觉得有点小遗憾，后来才知道，其实人家早已芳华尽绽，那会儿是“战术性闭合”罢了。龙胆属植物身边的很多植物，比如银莲花属、金盏花属、铁筷子属等植物也都会这一招。不过我见过的蔓龙胆属，似乎在寒冷的大半夜也照样开得气势逼人——虽然都是龙胆科的植物，但毕竟不同属，有差异。

龙胆科的植物非常多，不做专门研究的，一一辨识意义也不大，记住那让你身心一亮的蓝紫色就好了。也不单是色彩，那一株株簇拥着朝天绽放的花朵，原本就是大地迸发的精气神，让每一个路过的人都觉得，世间终有美好就在眼前——此生千里万里，亦愿为之驻足。

注 本文所说龙胆，泛指龙胆科植物。

04

花开如虹神农架

我去神农架的时候已近端午。仲夏时分的神农架，晏殊笔下常写的燕子们早已安家落户，开始忙着育雏。斜风细雨之后，山里的一草一木长得蓬勃有力，虫蚋滋生。低处的灌丛大多花儿已残，就像此时的尾萼蔷薇，枝上挂着一两抹红晕，但在爱花人眼底，依旧是迟暮美人。中海拔地区的森林已经开始泛出油绿色，花期较晚的乔木和藤本植物将花儿推在枝头迎风招摇，送春迎夏。四照花10、神农架铁线莲，莫不如此。海拔再高一点的地区，树冠层的叶子还不太茂密，阳光透过缝隙，倾泻在林下的灌丛和草地上，早春的短命花卉抓住这最后的机会，拼了命一样地绽放，吸引着昆虫们前来传粉。

我在长江下游长大，那里和神农架的纬度差不多。

⊙ 湖北省

10

四照花

家乡附近的山不多，海拔也没有高过 1 000 米的。少时很少爬山，更谈不上观察森林里的一草一木，但是对故乡的植被环境还是有些记忆的：主体是那种夏季郁闭度很高、秋季色彩斑斓、冬季落木萧萧的落叶阔叶林；山脚下与之抢夺地盘的是四季常青、绵延不绝的竹海，山上则混杂着密匝匝的针叶林。除了春季里漫山红遍的映山红，似乎都不曾见到什么野花。

这些年我经常奔赴山林，大多是冲着高海拔的山去的，北有阿勒泰山，中间越过昆仑山，南到喜马拉雅山，3 000 米的海拔通常只是起点——越往上，视野越开阔，风光越壮美；上天的调色板在那一片片草坡和流石滩上被打翻了，高山花卉染出的世界五彩缤纷。

神农架的海拔主要在 1 000～3 000 米，这里的一切都让我有些熟悉，又有些陌生。在我生活了二十多年的华东和华南地区，这样的山脉并不少，但是我大多是冲着鸟儿去的，对植物和花卉留意甚少。此行神农架，既然鸟儿并非主要目标，蝴蝶纯属凑凑热闹，花儿自然就成了主角。我对植物可算是门外汉，幸喜花儿会开不会飞，我可以没皮没脸地凑近了去看它，它也不会不高兴，只要赶上花期，又恰好有那么一点点运气能够遇到，结局必然是皆大欢喜。“若到江南赶上春，千万和春住”，让人迷醉的花儿在眼前绽放时，心情正是如此。

我有幸认识很多植物分类学的大牌教授和自学成才的民间达人，但是越认识越不敢步其后尘。这些人有一个共同之处：水平越高，判断越谨慎。分类学自诞生以来就是人类尝试理解大自然的基础，然而大自然过于神奇，以目前的科学认知程度，物种之间还存在大量的细节有待探究，尤其是植物和昆虫。初学者往往对形态分类的重要辨别依据一无所知，所以即便拍到了照片，面对有些近似种，专家们也很难确认。不是本地对某个类群特别熟悉的专家，往往对你的请教只能默而不语。不过，人类思考问题的模式是基于有序假定的，所以即便世界的真相是无序的、混乱的、交错的，但假定、拟定、确定出一个个序列，总能有利于加深对这个世界的探索。所以，以我的“智慧”，我决定用最最直白的“颜色”

密枝杜鹃

来分类。至于过渡色怎么分，既然世界的真相很可能就是混乱的，那么答案就是：看心情。

高海拔地区的花儿因为需要抵御强烈的紫外线，所以呈现出较多的蓝色和蓝紫色；就连瀑布飞流边的阴湿昏暗之地，花儿往往也呈现出紫色或者玫瑰紫。起初会令人有些迷惑，再一想，不过是自己来的时间不对，一日之中另有时辰，阳光会来此吮冰饮露，肯定也会亲吻这里的花儿。这艳丽的色彩，正是花儿娇羞的拒绝。紫堇类的花大多像小时候可以吹开的卷哨，一个叠着一个，单看不起眼，一摞子就有些惊艳了。颜色虽然紫色居多，但粉的、黄色的也不少，还有类似蛇果黄堇这样“撞色”的，看上去像是黄色的哨子里吐出了一条紫色的舌头。

亚麻

龙胆类的花瓣很有特色，错落有致，但是它们最迷人的当属色彩。尽管宋徽宗梦里的天青色雅致之极，但真正在大自然而非宫阙中仰观天色的人都会明白，唯有蓝色，才是从日出到日落之间天空永恒的主题。没有哪一种高山花卉的蓝有龙胆的花那么纯正，从浅如青烟的蓝到浓郁的宝石蓝，每一次凝视都能让人有云开雾散之感。

老鹳草[11]和亚麻都是牻牛儿苗目下的，算是远亲，看起来也有几分相似：茎儿细长，花儿独一朵，有几分招摇，又有些柔弱。相比之下，毛肋杜鹃的性格定然是刚烈的，山路上的落花已经碾作尘泥，仰头不见只星片点，唯有你历经汗流浃背，登到足够高的地方，被大风吹开胸襟之时，你才能幸运地遇到还在等你的那一株——它正以怒放的姿态，用满枝头的晨光之紫，迎接热爱它的人。

神农架山峰最精彩的地方在神农谷，颇有张家界的韵味。奇峰突兀之地，没有猿猴之术的我们难以攀登，好在有望远镜，除了我心爱的鸟类，悬崖上的花朵也可轻易纳入眼底。吸引你的，依旧会是一抹紫色，那是“高原众女神”之一的五

老鹳草

11

耧斗菜

脉绿绒蒿，我们只能俯瞰它那令绸缎失色的裙摆，看不清它低垂的微笑，但这有什么关系呢？有些人可能一辈子就是一个浅浅的相逢，一颦一笑，却能铭记一生。

无距耧斗菜和华北耧斗菜[12]长得像带着托的铃铛，风神带着森林里的消息到处跑，总是被它俩首先截获。你瞧，它们的脸色红得发紫，肯定是长期憋笑的后遗症。

12

假报春

假报春[13]也是紫色的，在山坡上堪称明丽。它细细小小的，看上去还有些楚楚可怜。我遇见第一束河北假报春的时候光线很不好，半天也没能拍到一张清晰点的画面；放弃后继续往前走，没想到刚转了个弯就看到一大片，光线也好。我是很开心，它却没有，还是低眉顺目的，似乎挤满了委屈，难道是因为人类硬塞给她一个“假”字？大叶碎米荠就不一样了，它就像山路边的一束火把，吐着紫色的火苗。谁敢不服，或是让它受了委屈，它就冲过去烧他。

白色的花大多谈不上艳丽，是需要你下点功夫才懂欣赏的冷美人。唯一需要担心的是，一旦你们之间迸发出了火花，那难以自拔的肯定不是花朵，而是人类。

四照花就是一群小天使背着翅膀在飞舞。在

13

晨昏时分，最能撩动山行者心神的非它莫属。

银莲花属的花朵，花蕊就像是一场正在爆发的流星雨，简简单单的 5 片花瓣，却可以似旗帜、像裙摆，轻易地勾勒出风神丰满的身姿并与之伴舞，让人怦然心动。异色溲疏，作为山梅花家族的成员，它从不缺洁白无瑕的美誉，它是世上最伟大的能工巧匠用白玉精心雕琢而成的，这种带有强烈高冷感的美，唯有“冰清玉洁”或可形容。

五味子的花只有指甲盖那么大而已，也是白色的，不过细看其实略带象牙色，有几瓣还透着红晕，娇小可人。我后来才知道它早先竟然也是木兰科的植物（现属于五味子科），难怪花型像一个微缩的广玉兰。鄂西卷耳14是山坡上白色的星光，5 个花瓣深裂出了 10 个花瓣的效果，演化为何要如此大费周章？是为了增加招引

鄂西卷耳

14

虫媒的概率？去问问昆虫吧，它们看这个世界的角度应该和我们不太一样。要不去问问《诗经·国风·周南》里作《卷耳》的无名氏，她采集卷耳半天不得一筐，伤心之余开始思念羁旅中的丈夫。她或许不知道，这一首“嗟我怀人”的思念已成了千古绝唱。

黄色系的花这一次没看到多少，除了前面提到的神农架铁线莲和蛇果黄堇，最抢眼的大约就是短蕊景天和双花堇菜。阴湿的石沟边，短蕊景天那繁碎细小的花儿就像一淙淙金色的流水，将记忆全都冲刷成明亮的色彩。双花堇菜从落叶中探出头，像一个个对着世界吐舌头的顽主，却也有藏不住的、急切的好奇心，你瞧瞧它们那迫不及待冲向前的姿势。对了，不应该漏掉小檗科的豪猪刺，花儿簇拥在一起，贴近枝条，像是一朵朵被绿叶和棘刺看守的“金腊梅”，可爱而不可亵玩。

神农架里的花开得忘我，也有开得静悄悄的，能遇见，实乃三生有幸。有一次我在车边等候去拍蝴蝶的朋友，当时正是大中午，不会有什么鸟，“举目四望”纯属我在野外无聊时的习惯。有句话叫“性格决定命运，习惯决定性格”。于是在那个瞬间，我看到了车边十米外的岩石上，有几抹暗红似血。那一刻，我感受到了命运女神的垂青。绿绒蒿类的花卉因为美艳被称为“高原女神”，杓兰则被形象地称为“女神的拖鞋”：特化的唇瓣像一个兜兜，也像个膨胀的气球，虫子们可以爬进来避寒，也因此在杓兰之间完成传粉。大多野生杓兰都生活在人迹罕至的高海拔地区，而且是国家重点保护植物。

没有手机信号，我站在原地等朋友回来。幸亏有防晒霜，漫长的等待才没有让我变成烤肉。整日都曝晒在烈日之下的毛杓兰是如何做到防晒的？秘密也许就在花瓣浓郁的红色之中，那几乎要从花瓣里溢出来的花青素，能有效抵抗紫外线对植物细胞的侵害。

朋友慢悠悠地回来了，还没来得及向我炫耀他的蝴蝶，就被我一把拽着急急地往山坡上爬，他刚要张嘴问，我们已经到了毛杓兰[15]的花旁。看着眼前这几朵令多少人梦寐以求的正值盛花期的野生毛杓兰，我不免得意，朋友也啧啧称奇。附近还有银露梅、顶冰花以及其他诸多认识或者不认识的小花，也个个都是美的精灵，然而和它们相比，无论是足足有拳头大小的个头还是奇特的形态，毛杓兰都独树一帜，是这片无人打搅的小小花海里当之无愧的花魁。不信？你看，其余的花儿全都在风中向它们俯首称臣，只有它们岿然不动。

野生毛杓兰是国家一级保护植物，也是中国特有物种，经过多年的保护，已经有人工育种，神农架保护区在神农顶的山坡上就人工种植了不少，但是我们路过的

毛杓兰

时候特地看了一下，尚无一朵开花的。而此处显然是野生环境，花儿怒放，汹涌如山谷里闯荡的风。看到毛杓兰的日子是 6 月 5 日，恰逢世界环境日。对一名喜爱大自然的人来说，这真是上天最好的奖励。

我是第一次来神农架，随便走走就已收获良多。除了前面这些，还遇到了很多有意思的花儿。比如天南星科的花，像一根猩红色的权杖，山神为何要将它遗落在萦纡的山溪旁？森林下方，大百合列阵一般地挺立着，一轮又一轮的花儿像叠在一起的大喇叭，霸气十足地宣布着路人必须仰视它的理由。还有蝟实，和金银花一样是忍冬科的植物，但是花儿一点儿也不像金银花那种白白小小的，而是聚在枝头，开得满满的，像一簇簇粉红色的云团，近看，花筒里还闪烁着金斑，当真是阳光的宠儿。神农架北接秦岭，东连大别山，是蝟实在中国古老的残遗分布区。因此，作为忍冬科中最独特的一员，蝟实对于研究植物区系、古地理和忍冬科系统发育的科学价值不言而喻。类似这样有价值、值得着墨的植物，在神农架还有很多，只是我委实写不动了。

花开五色，又何止五色？神农架啊神农架，你究竟还藏着多少精彩？

知识扩展

为什么很少有绿色的花?

●花其实是带有生殖功能的变态叶或变态枝，也就是说，花本身是由叶子演化而来的。将生殖器官变得更醒目，是植物延续自身的智慧：花的出现，标志着植物从独立的营养生长转入了依靠“合作”的生殖生长阶段，而这种“合作”不仅在于植物之间，更在于动物与植物之间。当花的颜色与叶片的绿色截然不同时，它鲜艳的颜色就很容易吸引传粉动物。植物的传粉过程往往需要借助外力，通过风、昆虫、鸟、水等媒介将花粉传至另一朵花的雌蕊柱头上。虫媒花和鸟媒花一类依赖生物传粉的植株，就会利用色彩鲜艳的花来吸引传粉生物，就像课堂上划重点的老师，动物一看就知道这一植株需要什么样的“答案”。比起风媒和水媒，这种授粉方式高效、快捷又具有针对性。因此，就不难理解为什么大多数花是五彩斑斓的了。

05

“花花世界”巴郎山

巴郎山有绿尾虹雉！巴郎山有藏雪鸡！巴郎山有……

对着单筒望远镜足足有半个小时，连绿尾虹雉的影子都没有找到，我已经双目酸胀，几近迎风流泪。藏雪鸡倒是有，远得勉强能看出来它不是山脊梁上的石头。巴郎山啊巴郎山，任你有什么稀罕的鸟儿我也懒得看了……

但是，不能白来啊！万幸，巴郎山还有花。

并非是这里开一朵、那里冒一簇的——七月的巴郎山一把抓住了春女神迤逦的裙摆，那些鲜花，从天空中纷纷落下，漫山遍野。

你的心扑通扑通地跳得厉害，不是因为这里的海拔超过了 4 000 米，而是感应了巴郎山和春神之间的爱。你有些激动得说不出话，想躺下，躺在花儿的旁边，静静地看白云和蓝天，看宝石一般闪亮的小虫从左边这一朵花飞向右边那一朵，心里琢磨着，它们会不会就是爱的密语者？

每一种花儿都值得你为之疯狂——实在是太美了。

马先蒿16最常见。紫的、白的、黄的、半紫半白的……一簇簇直挺挺的，开得不亦乐乎。每一朵花儿都只有指甲盖那么大，带着条打着旋的小尾巴，像一群聚集在一起的小老鼠，可爱极了。有人会说，耗子多吓人啊？那是大耗子好吧！小白鼠看上去就可爱得多，对吧？你难道没发现：不管什么东西，只要是小小的，就很容易在人类的眼里变得萌萌的。

报春花17也是色彩斑斓，花葶都是细细的，在风中微微颤动，但绝不会折弯。报春花开起来的感觉有点水灵灵的，骨子里却是外圆内方，凌风傲寒。蝇子草像一个个精致的蝈蝈笼，只不过太小了，别说蝈蝈，就连一只蟋蟀都住不下。在风中低垂的蝇子草，又似乎有点哀怨。

马先蒿

报春花

报春花

16 17

报春花

斑唇兰

最让人惊奇的当然是斑唇兰18，在很长一段时间里，我都以为兰花只生长在山谷林地，因为“空谷幽兰”嘛。没想到，在这海拔 4 000 米的高山草甸上，兰花可以开得让你心甘情愿卧倒在它面前，看一眼如饮酒一杯，痴痴醉醉。此处的斑唇兰，已经没有了修长似剑、韧性十足的叶子，倒更像是风信子那般，花儿成了主角，兰科花卉独有的三瓣三萼上蜜斑点点，像一大群簇拥在一起的蜜蜂，忙着酿造春天的美味。

当然，这些都是斑唇兰骗人的把戏，骗来虫儿期待

18

一番、忙碌一通之后，它们才郁闷地发现兰花上并无花蜜，自己是被骗来传粉、授粉了。还好，只要不是继续在一朵花上傻等，这兰花周围还有大把大把的其他花卉，简直就是无穷的蜜源。

高原上的花卉很多都是蓝色或者紫色，因为这里强烈的紫外线可能会灼伤花瓣，所以干脆把它们统统反射开来。你也许见过如一汪湛蓝海水般的海蓝宝石，或者蓝得明艳的青花瓷，甚至蓝到深邃如宇宙的坦桑石，但是这一切都无法和眼前这些带着露珠的浪穹紫堇相媲美，因为它是有生命的——生命有轮回，绚烂注定无法长久，韶华易逝的脆弱让花儿的明艳愈加楚楚动人，叫人不忍移开眼眸。

这里也并非什么鸟儿都没有，戈氏岩鹀、曙红朱雀，都喜欢在这片花海间游弋。是的，游弋。它们已经懒得费力气去高飞，只要在花丛里窜来窜去，伸长脖子够取最嫩的叶子、最饱满的种子，甚至干脆将整朵花当作美餐直接吞下去就行了——嘴边时刻有美食的日子，简直就是“鸟生”的巅峰体验。

我忽然看到一朵硕大的藏红色花儿，像一个长了翅膀的气球。“西藏杓兰[19]！”我大喊起来。

西藏杓兰

这些年行走四方，朋友圈里多了很多植物达人，在他们发的各种植物照片中，不乏各种“女神的拖鞋”（植物爱好者们对杓兰的爱称）。我之前只见过一些园艺品种，虽觉得神奇，但谈不上痴迷，这次在野外见了，方才感受到其魅力所在——其硕大的异形花瓣像是大地直接结出的果实，在这茫茫草地上尤为突兀。起先只看到一朵，然后就看到一大片。喘着气爬上山靠近去看，紫红色天鹅绒一般质地的花瓣上布满了暗纹，如同血脉——这花，分明是大地激情的澎湃之作。

忘记那些不知道躲去了哪里的鸟儿吧。既然巴郎山早就为我们准备好了这眼前的似锦繁花来挽留我们的脚步，那又何必行色匆匆？观鸟多年，行程数万公里，在我心底的那个世界中，鸟，早已是会飞的花；花，不过是收起翅膀的鸟。

就让我与这些花儿相依偎吧，一起看巴郎山的风卷云舒，望川西高原上的斗转星移。

19

06

一声叹息贝母坪

贝母坪是巴郎山上一处开满鲜花的山坡。从卧龙镇沿着盘山公路上去，约一小时便能抵达。

说起来轻松，那路却是险峻得很，胆小的是不敢朝车窗外望的。道路曲折多弯，外加海拔急速上升，很多人不免有些晕乎，往往不知不觉间困意大增，很快便睡着了。等车猛然一停，人惊醒了，睁开眼望去，风景已然大不相同，忍不住脱口而出“哇”的一声。

举目皆是青山障，身旁流水鸣似虎。贝母坪已经是接近山顶的半山腰上，海拔 3 300 多米，视野开阔，绵延重山如叠浪在眼前翻涌，谷底的奔流早已化成一条白丝带，像飘落的哈达。这里的海拔高度已经超越了东部所有的山峦，足以让还在车里的众人双脚尚未踩上大地，便已然觉得自己有了仙气，有脚踏祥云之感。

下车后才发现这“祥云”原来是五彩的鲜花做的，更叫人挪不开脚了。怎么办啊？每一脚下去都有可能踩到美丽的花儿，谁能忍心呢？还好有些窄窄的小道，于是慢慢地走，细细地看，要蹲下来的——这些花儿全都精灵古怪得很，它们那多彩的裙摆、妖娆的姿态、怪异的装扮，需要你贴近才能看清呢。

贴近了也不够，有些花儿还会蛊惑术，让人分不清究竟哪个是花瓣，哪些是花萼。还有些花儿的模样干脆颠覆了你对花的认知，“帽子”“圆号”“焰火”“铃铛”……总之千奇百怪，又让人爱到恨不得捧在手心里欣赏。

我原先来过这里，今年带一帮朋友再来，就是想让他们也跟着感受一番这大自然的馈赠。我们当然不会做采花贼，用心去赞美还来不及，怎可能辣手摧花？然而有人会这么干。

贝母坪之所以有这个名字，是因为这里曾经生长着众多的川贝母，盛开的贝母花儿像一个个铃铛，惹人喜爱。十年来，我几乎年年都来西部的高山，野生状态下的贝母也只见过几次罢了。因为有人看中了它的地下块茎，一经发现便会被整株整株地挖走，在山坡上留下一个个拳头大小的黑洞，像大地哭瞎的眼睛。其实贝母固

西南鸢尾

然有一定的药用价值，但是现在科技如此发达，既可以发展人工培育，又可以人工合成相同药用成分，这些人居然还要如此疯狂地野外采集，不是丧心病狂又是什么？

如今的贝母坪再也找不见可爱的贝母了，好在还有众多没有被那些人看上眼的野花，马先蒿、西南鸢尾[20]、

20

21

糙苏

报春、斑唇兰、驴蹄草、糙苏[21]、鼠尾草[22]等等，这些或者有毒，或者没有什么所谓的价值，所以被留了下来。然而在热爱大自然的人眼底，这些花儿静静地绽放就已经是一种无与伦比的价值了，否则干吗千里迢迢，甚至不惜冒着川西高原雨季的各种风险，来此一睹芳容？庄子在《栎社树》里早已说过，“无用乃大用”。

花开得热闹，姹紫嫣红的，映衬得蓝天、白云、青山似乎都跟着有了一张张笑脸，人在这样的天地间自然会感到轻松愉悦，忍不住想唱一首歌，或者寻思着下次是不是应该带心爱的人一起来。因为忙碌的蜜蜂和其他昆虫无时无刻不在告诉你们：这里，是多么甜蜜的世界！

22 鼠尾草

顺便说一句，贝母坪也是观赏猛禽的好地方，高山兀鹫、胡兀鹫、金雕、大鵟、喜山鵟、红隼等都很常见。林鸟也有不少，各种朱雀、伯劳的身影就藏在附近的灌丛里。

知识扩展

植物的种子是如何传播的？

●植物不像动物那样可以随意移动，它们传播种子、繁衍后代需要借助外力，比如重力、风力、水力和小动物。通常植物的种子由于重力落在地上、埋进土里，就会在原来的植株附近又生根发芽，形成新的植株；蒲公英是借助风力，种子随风而起、随处安家；荷花结出的莲子借助水力、随水漂流，也能在别处安家；还有很多植物的种子被小鸟、小松鼠等吃进肚子，又随着它们被排泄到各处安家。

07

统御大地的“女神”——绿绒蒿

对高山花卉略有耳闻的人可能都知道，谈起高山花卉时说到“女神”，就是指绿绒蒿。

绿绒蒿以其优雅、奔放和傲寒的姿态，在众多的高山花卉中独领风骚，被誉为“高原女神”，实至名归。不同意这一点的人只要亲自去看一眼就明白了——没有人能够不被其风姿折服，因为人人的内心深处，关于什么是美，都早有一颗种子，这颗源于天性的种子在你我之间是相通的。

横断山脉和青藏高原东、南部是绿绒蒿的家园，不同的大山里有着不同的绿绒蒿种类，我见过的虽然屈指可数，但每一种都足以令人痴迷。

国内不少生态摄影师都拍过绿绒蒿，我最喜欢的是顶尖摄影师董磊拍的一幅，然而当我在野外遇到绿绒蒿的时候，却拼尽全力也复制不出他那张照片的感觉，也许这不仅仅是因为我和董兄在拍摄技术上有巨大差距，也因为我没能像他那样，与花朵之间迸发出电光石火一般的爱，那爱像一道光，照亮了整个画作、山谷和天空。

“女神”就是这样，她的美每一个人都能感知，了解她心的人却很少。

高山上，密枝杜鹃霸占了整片山坡，然后用一朵挨着一朵的花将这里染成蓝紫色的世界，就连岩石边稀疏一点的灌丛下好不容易冒出来的银莲花，也“被迫”开出蓝紫色，也不知是不是因为觉得憋屈，这花本该娇媚，此刻却一副很愤懑的样子，颜色加倍地浓郁着，藏区暮色下的天空都没有那么蓝。

然而这片海拔 4 300 米被密枝杜鹃控制的山坡并非在“女神”的统御之外。全缘叶绿绒蒿[23]高挑的身材越过密枝杜鹃林，硕大的、丝绸般的黄色花冠在阳光下仿佛随时可以轻舞飞扬，她就像降入凡尘又不经意间显露真身的神仙，只有零星几株的她，气场足以令周遭的一切贴地臣服。我无力，也无意爬上去与神面对面，长焦镜头里，她已经在微笑，倾国倾城。

“女神”也有霸道的时候，有时候，整片山坡都只能见到她张扬的模样。别的花儿统统不过是草地上细

全缘叶绿绒蒿

小的点缀，唯有一大丛一大丛的绿绒蒿风姿绰约，远远地就吸引得你不顾高反的威胁奔跑过去，然后匍匐在她面前，用相机记录下这兴奋的相逢。在这样的地方，甚至连雪雀都似乎能感知到她的趾高气扬，它们学起了满地蹿的鼠兔，到处跑，仿佛翅膀成了无用的，因为飞扬是专属于“女神”的表情。

　　真正的“女神”是在任何

23

总状绿绒蒿

地方都可以出类拔萃的。不仅是在湿润的草坡上，在干涸的岩石堆里，她们同样可以昂起骄傲的面容。

总状绿绒蒿24，浑身上下长满了凶悍的硬刺，但是她的花又是那么柔软美丽，像是天空被裁下的一角。天空是变幻的，她也是，从烟雨天青色，到正午的瓦蓝，再到暮色深沉中的微微泛紫，她用飘如雪绸的花冠和多变的色彩，将岩石的棱角化于无形，这里不再是一个令人生畏的荒芜世界，而是一个让人充满向往的美好之地。是的，“女神”站在哪里，哪里就是春天。

24

“女神”也有伤心的时刻，久治绿绒蒿[25]的紫色花冠小小的，低低地垂下——垭口的风和雨冷而无情，她依旧美丽，但是身心已经受伤。那些雨，不，那些泪，让人怜惜，叫人止不住地心疼。“女神”不该被如此对待，哪怕是老天爷也不行。

我，这是中了魔了吗？

久治绿绒蒿

25

久治绿绒蒿

08

夕照下的流光金盏——金莲花

金莲花开在新疆的南山下。

只有那么一朵，在森林边缘的草地上。我们是追寻着一只珍稀的红背红尾鸲才走到这里的。从红背红尾鸲消失在雪岭云杉林里的那一刻开始，众人原本准备收回的目光中，忽然间全都是金莲花的娇颜。

草地上并非没有其他的野花——紫色的报春不仅明艳，而且可爱，还亭亭玉立，本就是高原上最惹人爱的花朵之一；马先蒿开起来就像是“嘭”的一声，带着卷的花儿在花莛上如爆米花般炸开，满满的，开心得不得了的感觉，蜜蜂啊、蝴蝶啊、甲虫啊，全都赶场似的飞过来；还有琉璃草，酱紫色的花一缕一缕的，像很多流苏挂在那里，微风中晃起来，让人心底也起了酥，恨不

新疆维吾尔自治区

得跟着一起荡漾。

可我要告诉你的是，这些野花都是我们后来才留意到的。在那一瞬间，本是无语独立、静如雕塑的金莲花[26]，在每一个人的眼底、脑海中如神灯出世、金光乍现。也许是因为四周被不同层次的绿色包围，所以那金灿灿的色泽会显得尤为先声夺人，相比之下，黄花马先蒿的鹅黄色就显得孱弱许多，紫色的报春花又略显暗淡。花瓣层叠且微微向上收拢的金莲花，让人想起一池碧水上的萍蓬草（俗称金莲，睡莲科植物）、睡莲或者莲花（荷花），金莲花因故得名，实际上，它无论是与金莲、睡莲还是莲花，都关系甚远，它是毛茛科的植物。毛茛科的花，花瓣上多有一层亮漆感，看上去亮闪闪的，如美人流光的眸子在闪。你明白为什么金莲花比那些琉璃草更能撩动人心了吧？

我们为这一朵金莲花儿俯下身子，趴在地上，到最后侧躺在它身旁，它始终不烦不厌、不离不弃。这朵金莲花其实已略略过了花期，有些枯萎的迹象，但，没关系。

金莲花开在天山上，一大丛

金莲花

26

金莲花

金莲花

一大丛的，我想要冲过去，又怕踩坏了它们，只能远远地看，用望远镜看，用相机看，用这次看到了下一次就不知道何时再能相遇的心情去看。夏季，北京时间晚上10点整，天山腹地，夕阳正浓。山坡下，蓑羽鹤结伴起舞的那片湿地翠色欲滴，甘肃马先蒿组成华丽的红毯，像彩色的河，流向它的怀抱；山坡上，金莲花流光溢彩，与扑面而来的夕阳交相辉映，说不清是谁让谁更加迷人。

山坡上的一切都在晃动，这不仅是风的把戏和光的幻影，也是鸟儿们干的好事。红喉歌鸲的胸口自带一抹血色，让它藏起来不与夕阳斗艳是不可能的。紫翅椋鸟总让人误以为它是一身黑，靠近了你才会晓得：它穿的衣服，料子是用星空裁剪出来的，只不过需要合适的光线和角度才能解锁这个秘密。夕阳西下，机会稍纵即逝，你觉得它会放弃机会，拒绝展现自我真风采吗？大把大把的金莲花，把夕阳所能散发出的最美的光都喊过来了，然后又一股脑儿倾泻给身边的这些鸟儿朋友。

红喉歌鸲已经得意地鼓起赤色的胸口，唱起胜利的歌曲。啊，你瞧，新疆党参，原来除了金莲花，这里还有那么多新疆党参！快看，它们淡紫色的花朵全在摇晃，像一盏盏风铃在为红喉歌鸲伴奏。我为什么能听到这无声的伴奏？因为我是大自然的好朋友啊！性格活泼的紫翅椋鸟此时也静静地落在一块岩石上，凝视远方，如一

金莲花

位入定的禅师。我无意间看了它一眼，那个瞬间，我想起曾在日本一个展览上看到的天目窑建盏，那次展览只需要四个字来形容——盏中宇宙。

最后一缕阳光在金莲花上消失，天山上缓缓升起又大又圆的月亮。珍珠白一样的世界里，马儿的剪影，犹带花香。

知识扩展

春天的野外，如何区分迎春花与连翘？

●迎春花与连翘都开在早春，颜色艳黄，花朵也差不多大，很多人分不清它们，但我们可以从这几点来进行区分：一是花瓣的数量。迎春花通常是5~6瓣，连翘则4瓣。二是枝条形态。迎春花多为下垂呈一定弧度的绿色枝条，而且枝条是四棱状的；而连翘向上而生，并不下垂。

09

荒野花影三江源

近年来雨水充足，加上不断地植树造林，青海湖东岸风相沉积形成的沙丘上，开始出现成片的绿色，不过来此地拍婚纱照的情侣和摄影师们显然看中的不是这点绿意，而是风在沙丘上雕琢出来的绵延曲线，以及金色的沙粒在阳光下营造出的闪闪发光的绚烂感。也许，在人们的潜意识里，飘忽不定又光辉灿烂的沙丘才能彰显爱情的特质吧。

尽管我走过中国几乎所有有名的沙漠（至少到过边缘），青海湖东岸的这一片面积并不大的区域依然是我最喜欢的沙丘地貌之一，因为这里有青山做背景，有蓝色的湖泊相依偎。真正的户外，真正的大沙漠、大戈壁，太苦了。在罗布泊，仿佛可以洞察宇宙的璀璨夜空，远

⊙ 青海省

不及无论如何要早点抽身离开的念头更能左右我的大脑；塔克拉玛干沙漠深处，我的脚都快被沙子烫成了猪蹄；在柴达木盆地一片荒无人烟的干涸之地，我甚至想要去和一只黑尾地鸦抢一截电线杆投下的影子。

然而在青海湖畔，这一切都不会发生，你能看到在草场和沙地之间肆意绽放的花朵，以及和我一样喜欢此地的鸟儿们。沙蜥也是常有的，而且有点呆呆的，躲在沙洞口一动也不动，见到手机靠近了，它还可以继续假装岁月静好。我真是服了它的定力，难道是得了唐僧取经路过时的什么真传？

唐僧取经其实没经过青海湖，不过文成公主肯定来过。当初唐僧担心遇上假经书，所以不辞万里去取经，而随后远嫁拉萨的文成公主等于是给藏区送来了真经。然而真经再好，也怕被歪念，比如近些年居然能看到以狼毒花为卖点来宣传草原旅游的。

狼毒27开花时真的很吸引眼球。它确实漂亮，一大捧，像烟花绽放；但是，一个保持良好生态的草原不应该有连续大面积狼毒的出现，狼毒的根部曾被藏民用来制造专门书写经文的纸张，因为这样的纸张自带毒性，所以不会生虫，能防蛀。牛羊和马匹都不会啃食狼毒草，它们比人聪明，喜欢一个东西不会只看外表。

其实，青藏高原上的花卉繁多，不管是类似于青海

狼毒

湖畔的沙丘地带，还是隶属于三江源地区的高寒荒漠，荒野之中，信手拈来，个个都是绝代芳华，何必死盯着一株毒草？

不如看看豆科植物吧，它们生命力顽强，这也许是因为它们可以自带肥料——进化赋予了它们高超的根部自产氮肥的能力。海拔 4 400 米处的鬼箭锦鸡儿[28]浑身是刺，张牙舞爪，但是它的花却白里透红，娇俏似杏；

27

鬼箭锦鸡儿

稍低处的黑萼棘豆[29]、黄花棘豆，都是一开就是一大蓬，比起狼毒的那一点点俗艳，一个紫得深沉，霸气如王者；一个黄中带绿，像初夏夜间扑蝶的小姑娘，灵动可爱。

豆科有奇招，罂粟科紫堇属[30]的植物也从来不甘落后，它们开起花来简直就是刹不住车的感觉：一团一团的，岩石堆、荒地，甚至是柏油路基的缝隙里，它们都能蹦出来，赶着春天的气息冒出头，一撸串似的，黄的、白的、紫的、

黑萼棘豆

28

29

粉的，翘着嘴，撅着尾。它们以自己的身躯拒绝让荒野成为不毛之地。

少不了还有毛茛科的花，没有它们的高原是不配享有“春天”这两个字的。阳光走到哪里，它们就盛开在哪里。水边虽然是它们的最爱，但是干旱一点点的地方也不嫌弃。很多毛茛属的植物花瓣上似乎都被镀了一层反光膜，原本就非黄即白居多，如此更是亮得刺眼。至于金莲花属和银莲花属[31]的花儿，听名字就能想象它们的样子了。传说中的观音大士在高原上享有至高无上的尊崇，这些遍布各地小小的莲花，莫非是他留下的佛法涌现而成？当然，三江源地区，毛茛科植物包罗万象，其中乌头属[32]植物的花看看、摸摸还可以，但千万不能入口进肚，搞不好会死人的；至于翠雀属的花，听说个个都是美成仙，遗憾的是 6 月的它们还有些羞涩，

紫堇

银莲花

花骨朵都还没长出来，我们缘分未到。

所有这些花卉在三江源地区都很常见，如果说每一朵花儿里都藏着一个上天安排好的充满禅意的微笑，那么这些开得如此拼尽全力的花儿就全都是在大笑，是发自肺腑的可以将红尘俗事彻底遗忘的爽朗大笑，是让一切愚笨和虚伪无法遁形的嘲讽大笑——单单是

31

这一点，就足以令三江源的每一位造访者对上天心怀感激，更别提还会遇见绿绒蒿、报春花、马先蒿、杓兰之类的明星花卉了。

大自然能给我们带来的不仅仅是物质世界的一切，也包括对我们心灵的陶冶。我始终认为，这里云雀的欢歌声比别的地方听起来更动人，这里的蒙古百灵叫声堪比花腔女高音，这都不是我的幻觉，而是因为我和它们同样感受着这片土地上的各种

乌头

32

精彩——生命是彼此相关的，从出生到死亡，我们共同拥有脚下的这片大地，而大地，会将我们始终紧紧相连。

10

俘获人心的“毒美人”——马兜铃

前些年，很多著名的常用中药材里被发现含有大量的马兜铃酸。马兜铃酸很容易诱发基因突变，引发肝癌，是目前已知最强的致癌物之一；除此之外，马兜铃酸在人体内代谢的产物——马兜铃内酰胺对肾脏细胞损害极大，很容易引起严重的肾炎。

这事让马兜铃在大众心里成了一种可怕的存在。然而，如果你是一名植物爱好者，你大约不会这么看待马兜铃，因为几乎所有种类的马兜铃的花都实在是太特别了，不仅奇特，有些还堪称美艳，有些简直就是尤物，让人无法拒绝。“毒物”这个词，除了本意，在不少方言或者网络用语中还有“漂亮、优秀到了极点”的含义，用来形容马兜铃真是再合适不过。

⊙ 福建省 云南省

厦门植物园里的藤本园中栽培有巨花马兜铃33，花开的时候，我亲耳听到有不明就里的游客抱怨说："谁把拖布挂在这里？"我提示他那是花，他不信，等靠近了才被那比他的脸还要大、宛若一大块雪花牛肉般的花震撼了，连连称奇。随后我又听到了最经典的提问："这个，能吃吗？"我说："能吃，死不掉，也就是会得个癌症、慢性肾炎啥的。"听我这么一说，他的脸上虽然有些狐疑，原本正打算摸向花瓣的手却缩了回来。

中国科学院西双版纳植物园里的马兜铃种类更多，我能围着看一上午。

马兜铃是藤本植物，平日里架起一处处浓荫，看不出个所以然。赶上开花就有意思了，哪怕只是几朵，也足以叫人来来去去、反反复复地观赏才觉得过瘾。

如果单看花瓣，你很难想象这些都是同一类群的花。颜色么，从青绿色到绛红色都有；花冠么，小的不过拇

巨花马兜铃

33

指大小，大的大过人面；纹路么，从纯色到宛如京剧大花脸的，各式各样；真是奇奇怪怪到趣味横生的程度，叫人叹为观止。

不过，如果你仔细琢磨一下这些花的形态，就不难发现，它们还真就是一家：花的形状像一个漏斗；花缘无论是像一整块毛巾，还是分成好几个花瓣，中央总有一个“开口”；开口连着一根细管子，仔细看不难发现里面长满了向内的毛；管子末端，也就是花基部，膨大呈球状，形成一个空腔。如果你将这个空腔解剖开，就会发现在空腔内底部有一处突起，这突起物上部便是可以接受花粉的柱头了，也就是通常说的雌蕊；雄蕊在突起物的四周。

马兜铃的花朵有着让人惊艳的外表，但闻起来可一点也不香，而是散发出类似腐臭的气息，味道最浓的就是空腔部分，那些逐臭的昆虫对这种气味毫无抵抗能力，闷着头就顺着花中央的开口和管子，往味道最浓的空腔里钻。由于如细管状的花中部长满了向内的毛，昆虫进去容易出来难，如此一来，在昆虫挣扎逃跑的过程中，马兜铃花们就完成了授粉的过程。

中国科学院西双版纳植物园里的蝴蝶和蜜蜂种类很多，但在马兜铃花边几乎见不到，大约是蜂蝶并不喜欢臭味，也无法钻入细狭的花中部，所以就对马兜铃花们视而不见了吧。

我最喜欢的是烟斗马兜铃 34，这花的名字太形象了——淡绿色的空腔和细管构成的曲线过于完美，让人忍不住轻轻地掂在手上，就像握住烟斗一般。只是这“烟斗”万万抽不得，毕竟马兜铃酸引发基因突变的概率，比同是强致癌物的烟草还要强 10 倍有余。

烟斗马兜铃和巨花马兜铃的花都是在藤的末端，随风飘动，暴露易见；也有很多马兜铃的花长在靠近藤的根部，会被叶子遮挡，如果没有敏锐的观察力，肯定是要错过的。这些种类的马兜铃花往往都不太大，但是色彩浓郁，如广西马兜铃就闪烁着暮色紫，让人难以忘怀；南粤马兜铃的花缘则呈现出一种红色的天鹅绒质感，像一个盛满葡萄酒的杯子。不过还是那句话：再怎么充满诱惑，它也是个不折不扣的毒物，可远观而不可亵玩焉。

关于马兜铃名字的由来，说法有不少，目前普遍被接受的是马兜铃的果实看上去与马脖子下挂的铃铛有异曲同工之妙。尤其是果实纵向六裂之后，上面的悬丝还在，风一吹，轻轻地来回摇晃，宛若真的可闻铃声叮当。

烟斗马兜铃

据说中国科学院西双版纳植物园里有16种马兜铃，我们赶上了有差不多一半正值花期的，至于那些未开花的，就欣赏欣赏它们的叶子好了。马兜铃花的叶子大多都状如爱心，当然，专业点的用词是“心形、肾形”，或者说顶端或尖或钝、底部心形。我看不用管那么多，一眼望去，分明就是绿色的小心心在风中闪动成一片，让人觉得生活也跟着明媚动人。不过还是要切记切记，这一片“爱心”背后，对昆虫，马兜铃的花是美艳的陷阱；对人类，马兜铃酸是强致癌物。

马兜铃裂开的果实

知识扩展

怎样快速辨别桃花、樱花和梅花？

●桃花、樱花和梅花外形很相似，辨别可从以下几点入手。

●一是花期不同。梅花花期早，开花常在冬季、早春；樱花中的早樱开花较早，常在早春，其他樱花会在二、三月份开花；而桃花往往在四月份开花。

●二是外形特点不同。梅花与桃花通常五瓣，但梅花的花瓣根部紧密靠在一起、无空隙，而桃花的花瓣根部彼此之间有空隙；桃花花叶同期，花开放时通常还伴有绿叶，绿叶呈燕尾状，俗称燕尾叶；樱花则更易辨认，樱花的花瓣尖上有裂缺，这个特征很典型，而且，樱花的树皮上往往有明显的嘴唇状或眼睛状纹路，也是其特征之一。

●另外，梅花有多种颜色，如白梅、红梅、绿梅等；樱花也有粉色、红色等；而桃花通常是粉红色。

大自然博物记

11

小个子的诱惑高手——寄生花

20 世纪 80 年代初，电视刚刚进入中国普通老百姓的家庭，我最感兴趣的不是港台剧，也不是综艺节目，而是介绍世界各地风情的地理和动植物类纪录片，远方总有那么多神奇的东西，吸引着身居小城的我，为我注入一次次渴望远行的动力。

从大卫·艾登伯格博士的纪录片里，我知道了被当地人称作“Bungapatma（荷叶般硕大的花）”的大王花。在马来西亚、印度尼西亚的爪哇、苏门答腊等热带雨林中，这种花冠直径 1 米，被描述为“散发出腐臭气味”的巨大的

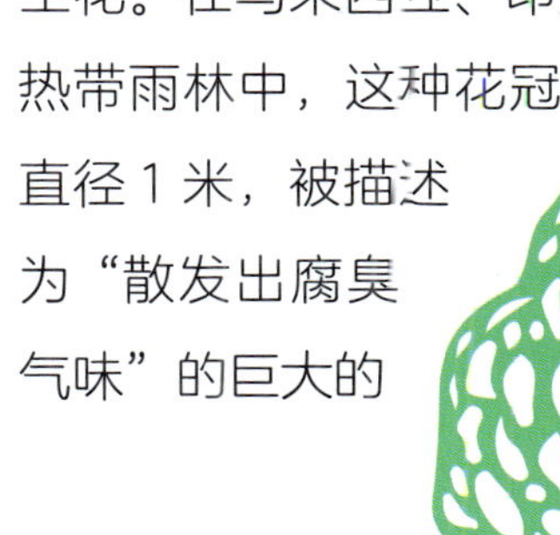

云南省

红色花朵，甚至还被赋予了“食人”的想象，堪称童年阴影，让热带雨林在我心底又添了一层神秘的外衣。

童年的渴望成了我如今云游四方最好的理由，但中国并没有大王花，那是东南亚热带雨林里的独有物种，暂时无缘去见。而分布于印度东北部、泰国和越南等地的寄生花是大王花的小个子“亲戚”，在我国西双版纳的基诺山曾经有过记录，但是直到 2016 年在西双版纳被再次发现之前，科学家们已经找了它几十年，甚至一度以为它已经在国内灭绝。所以 2016 年的发现轰动了国内植物学界，引得植物爱好者们蜂拥而至，汇集到西双版纳。

寄生花35和大王花一样，每朵花的花期只有短短几天的时间。可是想看它并不容易，因为花长在深山里，要靠当地老乡骑摩托车带路，单程怎么都得一个多小时；而且为了鼓励当地老百姓对寄生花的保护，看花是要收费的。

就这样，我们走入了寄生花的世界。寄生花和大王花各自成属，但都是大花草科植物，它们之所以引人关注，正是因为它们完全没有一点我们日常熟知的植物该有的气质，不仅无根

寄生花

35

寄生花

无叶无枝条，还是个“吃软饭”的——眼前的森林里，又宽又扁又长的扁担藤四处缠绕，寄生花就寄生在这些扁担藤的根部（大王花一般会寄生在崖爬藤的根部或颈部，印度北部的寄生花也以崖爬藤为宿主），平日不可见，只有开花的时候，才从地面上冒出小孩拳头大小的球状花骨朵，看上去就像是第伦桃的花骨朵，只不过是粉红色的，相当可爱。然而究竟哪一段扁担藤的根部会长出寄生花，完全没什么规律可循，这些肉质花看起来仿佛是被人随意摆放在这里一样。

正在开放的大约有七八朵，花冠直径不足 15 厘米，打开的花瓣如后仰的荷瓣，呈鲜红色，上面布满了黄色的凸起，有些诡异；摸上去硬邦邦的，像塑料壳，那些小凸起甚至有一点点扎手；花朵中间呈坛状，与寻常花儿不同，看上去空荡荡的，仿佛不存在花蕊。其实坛口上那些卷毛一样的凸起就是雄蕊，雌蕊则是坛底肉状垫上的一些针状物，与寻常见的花蕊迥异。雄蕊比雌蕊先成熟，可以避免自花授粉。

我俯身凑上去闻了闻，除了淡淡的异味，并没有像大王花那样有浓郁的腐败气息，不过寄生花的气息本来就不是为了吸引我的，对于森林里的虫子而言，这应该是难以抵挡的诱惑，已经有蝇类在花里打转了。

寄生花和大王花除了尺度上的差异，外形相差无几，而且都是依靠虫子传粉。热带季雨林和热带雨林底层阳光昏暗，极度鲜艳的色彩和独特的气味是吸引各类虫子的法宝。很多人觉得大王花看上去好像地狱恶魔在地面张开的血盆大口，加上热带地区有很多食虫植物，比如猪笼草、茅膏菜等也是诱惑高手，于是印象里几番“移花接木”，便觉得大王花、寄生花即便吃不了人，也肯定要吃虫的。

这显然是误会，大王花和寄生花都是寄生植物，它

西双版纳一景

们的营养来自宿主，根本不需要依靠捕食昆虫来养活自己。有科学家认为，大王花开得那么大，其实本无必要，只是因为营养都是由宿主提供的，不用白不用，所以肆意浪费，花儿这才达到惊人的尺度。

午后森林里的阳光达到了顶峰，含苞待放的寄生花如同粉色的绣球，那些盛放的寄生花则堪比一朵朵娇艳的玫瑰。然而有生就有死，完成授粉的寄生花迅速从极度艳丽的血红色转为黑色，坚挺的花瓣随之塌缩，花儿仿佛被碳化了一般，令森林里弥漫起一股带着金属摇滚感的死亡气息。

花朵的死亡意味着果实的诞生成为可能，于是我们又在附近仔细找了找，果真找到了，它们应该是上一次开花后的成果。用手轻轻捏了捏，木质化的质感很硬，看上去就像是一个碳球，若不是刻意留心，很容易误以为是某种森林里随处可见的腐烂的果实。

西双版纳的热带雨林上空，大盘尾呱噪的叫声在回荡，我抬头寻找它们的时候，才意识到为了这些寄生花我已经在丛林里俯身太久，腰酸难忍。可是森林里有直挺腰身的空间，却无法伸开胳膊来一个大大的懒腰让人放松放松。这寄生花的美艳，看来还真不是为人类准备的。

12

不倒的剑客——龙舌兰

鲁迅先生在厦门大学写《藤野先生》时，说到“物以稀为贵’，举了个例子：“福建野生着的芦荟，一到北京，就请进温室，且美其名曰‘龙舌兰’。”用今天的植物分类学观点看，这句话错了。因为鲁迅先生离开厦门前还特地与之合影的“龙舌兰”，其实是龙舌兰科龙舌兰属的一种植物——“剑麻”，并不是百合科的芦荟，只是外形有点像罢了。

切开貌似相同的肥厚叶子，龙舌兰与芦荟的区别一目了然：可以清晰地看到维管束的是龙舌兰36，芦荟里面则是凝胶状；而且龙舌兰的刺是木质化的，硬邦邦，锐利无比，芦荟上的刺则是软趴趴的，做做样子罢了，毫无战斗力。

⊙ 福建省

以鲁迅先生的性格，不太可能喜欢真的芦荟，他爱的就是龙舌兰——扎人！

和鲁迅先生一样，我初次见到众多龙舌兰，也是来厦门后。在厦门市植物园的多肉植物区里，我一下子就被一种高挺如长枪大戟的花序给吸引了，随后知道了这便是一生只开花一次、一次就昂扬如斯的龙舌兰，而且在厦门的滨海、山头，包括鼓浪屿上，它无处不在。

龙舌兰属植物的原产地主要是南美洲的墨西哥，进入中国后，它迅速在南方滨海地区光秃秃的山间地头和西南部的干热河谷里扎下根，并且茁壮生长，繁衍无尽。特化的叶子的强大储水能力赋予了它抗旱和耐高温的能力，用利刺武装起来的莲座状叶丛让中国本土的植食动物望而生畏，甚至连人类也退避三舍；其发达的侧根繁殖力（类似自身克隆）让它子孙满堂，龙舌兰就这样迅速成为南方荒山、荒漠里的先锋物种。

不仅仅是南方，在东海的小洋山港码头，岛上的龙舌兰也一副笑傲江湖的姿态。别的植物都因常年的海风而不得不匍匐在地，或者矮化成灌丛，唯有它，挺着 1 米多长、20 厘米宽、厚重如上古宝剑的叶片，带着两排硬生生的刺，在岩缝之上炸裂而出，不曾服软。这份气势，孰能不爱？但我见过的最美的龙舌兰，是在云南无量山。不，不是云南的龙舌兰有什么不同，单论外表，

金沙江沿岸干热河谷的龙舌兰与红土地

那里的龙舌兰和厦门的龙舌兰（剑麻）看上去差别并不大。不同的是那片隶属于金沙江流域的干热河谷，在夕阳下如遍地流金的干热河谷。

一直以来，我对干热河谷都没什么兴趣。我喜欢满目葱翠的感觉，喜欢看到一切都被滋养成幸福的模样，干热河谷里贫瘠的物种、火急火燎的风、缺少色彩与个性的山体，都让我觉得不舒服。我清楚世界是多样性的，有森林就有沙漠，干热河谷在生态学上的意义毋庸置疑。

36

夕阳下高大的龙舌兰花序

可作为景观，我始终感受不到它的美。这里的山路通常让人行走艰难，灰尘随着脚印四起，植物也多是一副拒人千里之外的表情，有些干脆长满棘刺。但这一次，这个位于无量山中的无名山谷，让我彻底忘记之前对干热河谷的各种嫌弃。

除了路边新栽的几株小树，这里几乎别无他物，只有龙舌兰。富含铁质的酸性红土地，如止不住的鲜血在脚下流淌，夕阳柔和得像女郎的金发扫过世人的脸庞，龙舌兰就像是一个本已宿醉倒下，却又奋力站了起来的落寞勇士，用最后一点力气，站在那里，嘲讽着世间的不公和无奈，而那个挺起的身姿，就这样化作一尊不倒的雕塑，在世界被黑暗吞噬之前，刺向天空。

山坡上巨石乱布，怪异恐怖，暮色已将最后一抹霞光死死地摁在远处的山脊线上。人在山脚，有一种大厦将倾的危机感，然而只要看到那些高耸的龙舌兰花柱，就仿佛有无数的精气神从身后涌起。

无量山里有成片的龙舌兰，一开始我以为是人工种植的，后来发现陡峭的山坡上也有，猜测应该还是逸生后自然生长的。不过在龙舌兰的老家墨西哥，它确实是十分常见的经济作物——叶子富含纤维，能编制成结实耐用的绳索（以剑麻尤胜，这也是被引入中国得名“剑麻”的由来）；另外，鲜嫩的叶子在当地是重要饲料；而它的茎则被用来酿造著名的龙舌兰酒。

龙舌兰肥厚结实的叶片及其花序

龙舌兰酒酒性烈如火，一口下去，心肺俱燃。著名的鸡尾酒长岛冰茶、玛格丽特、龙舌兰日出等都是由龙舌兰酒调制出来的，喝到神魂遨游太虚的人不计其数。之所以提笔写龙舌兰，说到底，是觉得那份独特的桀骜不驯和强大的适应力，尤为难能可贵吧。

知识扩展

植物是如何授粉的？

●植物繁衍需要传播花粉，而植物自身不能传粉，往往需要借助外力来完成传粉。一般来说，植物传粉的媒介有虫媒和风媒，即通过昆虫或风将花粉传出去。虫媒花要靠吸引大量的昆虫来完成传粉工作，而昆虫大多喜欢色彩鲜艳的花朵，比如蜜蜂与蝴蝶等。风媒花借助风来传粉，其花粉粒一般小而干燥，表面光滑，重量极轻，便于远距离传播。当微风吹过，花药摇动就把花粉散布到空气中去，使附近几百米的雌花授粉是常有的事。

13

难分伯仲谁更“仙”——还亮草与翠雀

我有一位好友，是复旦大学的老师，花名“酢浆草”，我们有时候会约着一起逛书店或者植物园。某日，在上海植物园的一个角落里，他指着一株开着数朵蓝紫色花儿的草本植物对我说：“快来看，还亮草开了！”我凑近一瞧，这花儿不是翠雀吗？怎么叫还什么草了？我又仔细看了看，虽然我无法确认它究竟是哪一种翠雀（中国有 230 多种翠雀属植物），但看这花瓣一样的蓝色萼片、尖尖的萼距还有退化的雄蕊，是翠雀[37]没错啊！

翠雀配有长距的花萼片呈现出的色彩，通常都纯净如斯里兰卡的蓝宝石；有些偏紫色的，则瑰丽如霞光；偶见一些粉色，带着娇媚；还有如海蓝宝石一般的，更

⊙ 上海市 新疆维吾尔自治区 甘肃省

翠雀

是让人一见倾心。我的老朋友厦门植物园的志愿者大翠老师，她的微信头像就是翠雀花；国内著名的植物科普达人天冬在内蒙古大草原上遇到一大片翠雀属的翠雀之后，直接怒赞它就是中国北方蓝色野花的颜值担当。我跟着他们耳濡目染，哪里会连翠雀都认不得？

“酢浆草”指着眼前的花儿说：“你要说它是翠雀也没错，还亮草是翠雀属还亮草亚属的植物。”哦，那就难怪了。我又仔细看了看眼前的还亮草，与我在高原上见到的各种翠雀确有不同——颜色好像要淡一些，貌似花瓣的花萼片也厚实一点，而且是分开的，并没有聚合在一起，也没像很多翠雀那样长成一个小帽子，退化的雄蕊上也没有髯毛；另外就是，好像缺了点仙气……

一开始我猜想，这可能只是光线的问题：眼前这株还亮草长在林缘的草地上，已经湮没在大树的浓荫里；而我之前看到的那些翠雀花，要么是在晨曦时分，在阳光刚刚唤醒的山林里，还带着露珠；要么是在高山草原之上，蓝天和白云是它的映衬，再来些许微风，那一溜串的蓝花花扭上一扭，爱花人一个哆嗦就从眼底迷到心底。

然而，作为一名“野生”的野生动植物摄影师，我负责任地告诉你，还亮草确实不如翠雀“仙”。在第一次见到还亮草[38]后不久，我在福建尤溪一处高山梯田的田埂上，又一次见到了它。这也从侧面印证了“还亮草在中国分布很广泛”的说法。资料上说，从横断山脉以东、山西中条山以南都可以找得到它。至今我都记得，那日午间的阳光能刺瞎人的眼睛，我冒着暑热，在乡民疑惑的眼光里，趴在田埂上拍得不亦乐乎。可拍出来的效果不过尔尔，总觉得少了一股灵气。而翠雀们就不一样了，通常我只要负责考虑基本构图就好，因为无论从什么角度拍，它们都是美美的；即便有些种类不够美，但贴地而生，花朵密如囊泡堆积，也是别有趣味，何况它们还有美到令人咋舌的色彩。

我国翠雀属的植物超过一半分布于西南山区，而东南部暖温带地区（广西、广东、湖南、江西、福建、浙江、江苏南部和安徽南部）却只有1种——还亮草。值得一提的是，在新疆分布的20多种翠雀，绝大多数都是新疆特产（当然也就是中国特有）。综合来看，尽管还亮草颜值略输翠雀们一筹，但中国230多种翠雀属植物下面就3个亚属：翠雀亚属、三出翠雀花亚属和还亮草亚属，还亮草作为还亮草亚属的独苗苗，分布又最为广泛，所以论“势力”，它才是中国翠雀属的扛把子。

据说还亮草在有些地方也

还亮草

叫还魂草，因为可以入药去痈肿什么的，但如今医药科技发达，费劲熬煮它来治病并不可取，毕竟翠雀属的植物都含有翠雀碱，毒性不小，牛马羊误食后都会引起呼吸困难、血液循环障碍，以及心脏、神经和肌肉麻痹等中毒性症状，至于人……

为了搞清楚还亮草与其他翠雀还有哪些主要区别，我去查了资料。原来还亮草是一年生，见过了春夏秋冬，

还亮草

就与这个世界诀别了；翠雀则是多年生植物。与此同时，我翻出一部名叫《植物名实图考》的奇书，共有 38 卷，是一名叫吴其濬 (jùn) 的清朝官员在 1848 年编写出版的。吴其濬是嘉庆二十二年（1817）的状元，自是诗书饱读，他号称“宦迹半天下”，去过的地方很多——江西、湖北、湖南、云南、福建等；官做得不算太大但也不小，是个巡抚（相当于省长）。我猜这个绝顶聪明的家伙肯定是个植物狂热爱好者，把官场交际的时间挪了不少，用来考究山野里的植物去了。

吴其濬在书中是这样介绍翠雀的："翠雀，京师圃中多有之，丛生，细绿茎，高三四尺，叶多花叉，如芹叶而细柔，稍端开长柄翠雀花，横翘如雀登枝，故名。"而关于还亮草，吴其濬用"横擎紫花，长柄五瓣，柄矗花欹，宛如翔蝶。中翘碎瓣尤紫艳，微露黄蕊"27 个字描述了它的花，简练准确。但很遗憾，书中并没说"还亮"二字因何而来。我便又去找，结果发现中国科学院植物所的王锦秀老师在 2022 年出了本《植物名实图考·新释》，顿时有了兴趣。可一看，竟是 1 000 多页的皇皇巨著，售价近千元，退堂鼓立马在心底敲得震天响。不过再一看，咦，这不是上海科学技术出版社出版的吗？

还亮草

我的第一本书就是由上海科学技术出版社出版的，也因此与责任编辑唐继荣博士结识。每次回上海我都会去他办公室看望他，其实是醉翁之意不在酒——他那边有很多文献类的书。

那个……看来又该去拜访唐博士了呀。

知识扩展

绣球花的颜色之谜

● 人们早就注意到，绣球花的花瓣具有变色特性：初开时白色，后为黄绿色，渐转蓝色或粉红色，最后变为蓝色或红色。那么，是什么决定了绣球的花色呢？答案的关键是一种属于花青素类的花色素苷，这种物质首先在翠雀属植物中发现并命名为翠雀素葡萄糖苷（Delphinidin 3-glucoside）。与一般种类的花青素“酸红碱蓝”的反应结果不同，这种色素苷与铝离子结合后才能生成蓝色色素。所以，当绣球种植在酸性土壤条件下时，土壤中的铝离子容易游离出来并被绣球花所吸收，进而开出蓝色花。在碱性条件下，土壤中的铝离子处于结合态不能被绣球花吸收，因而开出红色花。这就是绣球花“酸蓝碱红”的原因。

大自然博物记

14

花事成团说
——琼花与绣球

有一天，我梦见搭飞船去了月宫，嫦娥仙子见我觉得她怀里的玉兔可爱，便递由我抚摸。不料玉兔突然在我掌中变成了硕大的一团木绣球花，如雪球一般。我大为惊讶。

做这么个梦，大约是与我前一天看到神舟十四号飞船发射成功的新闻，以及前两日去福州鼓山看到很多绣球花有关。加上睡前翻书，恰巧读了几首古人写雪的诗文，里头纷纷将雪比作“天落琼花”，这又美又冷的场景，可不是就该在广寒宫里见到嘛。

不过，此文重点是前面提到的3种花：木绣球39、绣球花40和琼花41。多年以前，我曾以为它们是同一种植物。这也不能怪我，植物与人类关系密切，不搞分类

⊙ 安徽省

研究的普通人在生活中一样会经常遇见这些花，又免不了要给它们起个名字。只是你起你的，我起我的，日子久了，对那些分布广泛又很常见的植物，各地便有了不同的叫法，混乱得很。遇到长相差不多的植物，大家自然而然觉得它们是同一种，这也不奇怪。

绣球荚蒾/ 木绣球　（摄影：喻勋林）

我在安徽长大，家乡靠近长江。自小就听说扬州的琼花美甲天下，可我家周围并没有，只能从诗文里得知它必定是白色的，否则怎么会用来形容飘雪呢？而且古人爱用“玉蝴蝶”来形容它，既然蝴蝶有 4 个翅膀，那琼花必然是 4 个花瓣了。“记晓剪、春冰驰送，金瓶露湿，缇骑星流”（［宋］郑觉斋《扬州慢 · 琼花》），如此急送宫中，看来隋炀帝对扬州琼花的痴迷不亚于杨贵

39

妃对岭南荔枝的喜爱。但我总想象不出琼花到底能有多美，4 个白色花瓣的花能好看到哪儿去？乡间地头十字花科的萝卜花不是也这样么！

见过琼花的朋友可能忍不住要说了：琼花明明是 5 个花瓣。是呀，当时我没见过，只能瞎琢磨嘛……

老家没有琼花，木绣球和绣球倒偶尔能见到。木绣球一般比较高大，和桃李一样，多种在院子里，花开的时候往往恰是春风浩荡之时，它没有桃李的娇媚，远看满树落雪，近看摇曳的白色大花团就像雪狮追雪球，可爱中透着飒爽。相比之下要低矮很多的绣球花，整个春季几乎都在墙根或者角落里默默无闻，任由桃李在前面笑靥迎人；只有等来了夏季，这才后知后觉似的开起花

来，一团团或蓝紫或红粉的花，让无人问津的角落霎时变得明媚，令路人的步伐难以匆匆。然而，印象里，我周边没人能分得清这些花究竟是什么，只统称为“绣球花”，而且十有八九还有人会告诉我，它们就是“琼花”。

绣球花色彩缤纷，蓝的、粉的、紫的、红的都有，木绣球似乎只有雪白雪白的（还有青绿色的，我小时候没见过罢了），然而它们的“花”形和花序几乎一模一样，都是数不清的“花”儿聚成一大团，所以我和很多人一样，想当然地以为它们是同一种植物，不同品种罢了，就像随处可见各种色彩的月季。可说它们就是琼花，我不信。古人用琼花喻雪，显然只有白色，木绣球开花的时候确实白，但既然它和绣球是同一种，那么多的颜色古人怎么可能留意不到？可惜，那时候没什么渠道能解决我的疑惑。

直到 20 世纪 90 年代我去了趟扬州。瘦西湖上的五亭桥就像美人束衣的腰带，而那些琼花就开在我的肩头。它一点儿也不像木绣球或者绣球那样团聚成球，花序只是平平的伞形，只有最外面一圈开着“白花”（其实是白色的花萼片，中间那些小小的、不起眼的才是有花蕊的花），仿佛数只白蝴蝶围聚在一起。扬州人管琼花叫“聚八仙”，倒是形象得很——弄个大圆桌围坐饮酒，快活。扬州确实是个令人快活的地方，澡堂子、早

绣球花

40

点，还有画舫里的春天。

扬州之行“解决”了我对“琼花不应是木绣球”的推测，但“木绣球根本不是绣球”这件事则要在很多年以后，我开始接触植物分类学才知道。更令我大吃一惊的是，扬州之行后曾被我认为不可能是同一种花的琼花与木绣球，虽然外表并不相似，但其实真的是同一种花——都是忍冬科荚蒾属的植物，只不过木绣球是琼花的变种，中文正名叫绣球荚蒾。

琼花只有周围几朵是花萼片形成的不孕花，而木绣球全部都是，所以开成了球形。它们俩看上去不太像，可绝对是近亲，而看上去很像的木绣球与绣球，根本就不是一个科的。绣球是绣球花科绣球属的植物。植物种类多，变种多，很难辨认。生物学的分类单元从上往下，有界、门、纲、目、科、属、种。一般人能分辨到属就已不容易，但如果连一个科都不是的话，说明二者的亲缘关系就远得有些厉害了——长得再像，名字再像，本质上那也是木鱼和鱼、老婆和老婆饼的关系。

这些年，随着各地公共绿地

琼花　　（摄影：喻勋林）

的大规模建设，对土壤适应性强的绣球被大量种植，就连以琼花闻名的扬州，也种了许多。人们喜爱绣球，是因其花多、颜色多变。绣球花颜色的变化与它对土壤的适应性强有关，土壤偏酸性，花就偏蓝，土壤偏碱性，花就偏粉红，中间少不了许多过渡色，总之都能变着法子开得不错，在园艺师们的调教之下，那更叫一个万紫千红、绚烂多彩。普通种花人也喜欢，比如 21 世纪初才培育出来的“无尽夏绣球”这个品种，花季几乎可以贯穿整个夏季，好种又好活，转眼已经火爆全球。

前几日我去福州鼓山，有个

溪谷就种满了绣球，已经成了专门的景点。鼓山山顶一带柳杉不少，很多树下也种着它。能在霸道的柳杉树下生长的植物不多，绣球居然也能活得不错，这我真没想到。

至于木绣球，南京午朝门公园里纪念方孝孺的血迹石附近有一片，最值得专程去看——春风里的绿叶白花，如碧玉托雪，风骨傲然。

再说琼花，有些资料上说古时候的琼花其实已无，当初琼花送到宫里就很难成活，后来嫁接在聚八仙的砧木上才得以续命。宋人韩琦作诗说琼花高洁，不像被移栽到洛阳的牡丹，“新荣托旧枝”，妥协之下，说开也就开了。今日之琼花（聚八仙）究竟是否还是古人盛赞“中含散水芳，外团蝴蝶戏。酴醾不见香，芍药惭多媚”的琼花，这似乎又是一团谜。

这一天是芒种，群芳多已逝，百花俱凋零，炎炎盛夏即至，依古礼今天要祭饯花神，送其归位。我没有唐伯虎的才情，不能够“夜与琴心争蜜烛，酒和香篆送花神”，权且写这一团花事，聊作趣味，以供诸位蘸佐日常光阴。

15

童年的味觉记忆——落花生

我来厦门生活后才知道，原来厦门人乃至全福建人都那么爱吃花生。厦门小吃“沙茶面”里的沙茶酱更是离不开它。

福建最有名的花生产地是龙岩。龙岩风光秀丽，不过是山区，良田不多，但当地人种植花生的历史可以追溯到明朝末期，距今足足有 400 多年。据说龙岩花生特别好吃是因为龙岩矿藏丰富，土壤里各种微量元素丰富。

关于花生[42]，小学时我就读到过课本里的《落花生》，许地山写得固然好，关于做人应该‘做有用的人，不要做只讲体面，而对别人没有好处的人’，我当时虽然年岁不大，亦能明白，百分百赞同。只是我并不懂为什么会像他文章里写的那样：苹果、桃子的果实都能结

花生

在高高的树上，而花生却只长在地下？我见过花生开花的，果实却跑到地下去了，这也太奇怪了吧！难道是农民伯伯故意逗我，那黄色的像小蝴蝶一样的花，并不属于花生？

带着疑惑，我去问我的语文老师，结果语文老师说他也不知道，但是花生是在地下长出来的，这是没有错的。那时小学有自然课，我就去问自然课的老师，结果自然课的老师说："这个书上没说，不会考。"好吧，不问就不问了。

到了高中，当时好几个同学应邀，周末去一个农村同学家里玩。同学爸爸觉得家里没什么好吃的可以招待

42

我们，就去地里拔了很多花生回来，带着泥的那种。

我们几个同学就围坐着，一边摘花生一边闲聊。同学爸爸将连壳的花生洗掉泥土后，放了一点盐巴，直接用水在锅里煮熟，捞起沥干，满满两大盆。软、糯、香、甜！如此简单的做法煮出来的花生，竟能这么好吃！我们对同学爸爸佩服得五体投地，在他家门口的土坪上吃到星河漫天。

也是在那一次，我搞清楚了花生为什么会长在地下，明白了为什么许地山的那篇文章叫《落花生》。

因为是从地里刚拔出来的，有些植株还带着花，同时还能清楚地看出每一个沾满泥土的花生壳屁股上都连着一根“须须”，这根“须须”又与地上部分的茎连在一起。我仔细看了，差不多都是叶腋的位置。

这些花，远看像一只只黄色的小蝴蝶，近看高高竖起的旗瓣就像一把小小的橙黄色团扇，“团扇”下方挂着一个由翼瓣和龙骨瓣双重合围而成的“荷包”，里面藏着雄蕊和雌蕊；“团扇”的“扇面”上还细细描绘着放射状的红色细纹，像是卡通动画里光芒四射的金太阳。

同学爸爸告诉我，花生并不是每朵花都能结果的，那些单独开在分支顶端的花没什么用，只有叶子胳膊下开的那些花凋谢后，从花屁股后面才会长出“须须”，须须不断长，再向下钻到地里，然后就长出了花生。“落花生”就是花落入地、再生长出花生的意思。

神奇的大自然!

桃李需要依赖枝干给它输送营养才能长大，花生则是自己钻入地下去吸取养分，然后长大成熟。正常情况下，花生是自花授粉的，雄蕊和雌蕊都被包裹得太严实，昆虫和风起不到什么作用，它花期很短，上午开，下午谢，但是花很多，可以开两个月，生生不息的感觉。花谢之后，子房柄的分生组织细胞迅速分裂，使子房柄不断伸长，从枯萎的花萼管内将子房顶出去，形成一条果针，就是前面提到的须须。

刚开始果针颜色有点发紫，差不多牙签那么粗细，硬硬的。果针和植物的根类似，对大地“一往情深”，里面分布着能感受到重力的淀粉体，因此会始终保持垂向地面生长。一旦进入土壤后，果针就不再疯长了，顶端的子房也开始横卧，变得又肥又白，体表生出用来吸收水分和营养的绒毛，逐渐形成果荚（花生壳）；与此同时，果荚内靠近子房柄的第一颗种子率先形成，相继形成第二颗甚至第三颗、第四颗等，直到表皮逐渐皱缩，荚果成熟，就有了小时候我们都猜过的谜语：麻屋子、红帐子，里面住着白胖子。

说来很有意思，前面说了花生通常都是自花授粉的植物，但是现代科学研究却表明，花生是个杂交起源的物种。大约距今 6 000 年至 4 000 年前，究竟是两个物种发生了神奇的自然杂交，还是人们主动将两个物种杂交在一起了？今人已无从知晓，总之，“花生”就这么横空出世了。

15 世纪哥伦布发现新大陆后，花生从南美洲开始走向世界，最先被带到非洲的几内亚，之后又由葡萄牙人把它们带到亚洲和欧洲。这个进程可能要比你想象得快很多，大约在 15 世纪末或 16 世纪初，花生就已经传到中国了，它抵达的首站就是福建。要我说，花生实在是美味，品性又如此平易近人，这魅力谁挡得住啊？快速风靡全球一点儿也不奇怪！

花生

我已经多年没见到我的同学了，他大学毕业后回到老家当了老师，不知道是否还有孩子问过他，“落花生”究竟是怎么一回事？

花开于城

江西省
福建省
广东省

16

花香催人忆——栀子花与白兰

我的老家距离长江不远。母亲自顾自唱歌的时候，时常会哼起一首《缅桂花开十里香》。小时候我曾问过她，缅桂花是什么花？母亲答不上来。我琢磨着，能香飘十里，我见过的，无非就是栀子花、白兰 43 和桂花。缅桂名字里有“桂”，那定然是某种桂花无疑了。结果，就这么一错好多年。

春夏之交，栀子花又白又香。我上小学那会儿，一到花季，同学们家里若是有种的，便都会带个小杯子，放一点清水，摘几朵插在里面，摆在自己的课桌上，也会在讲台摆一个，算是对老师们无言的谢意。阿婆们也会把栀子花别在发髻上，栀子花的香到底是有些袭人的，混了发油的味道后则变得醇和许多。我的童年记忆里，

⊙ 福建省 安徽省 上海市 广东省

43

白兰　　（摄影：吴新宇）

阿婆们走到哪里，哪里便是芳香的慈爱。

雪一样的栀子授粉后便成了黄色，金灿灿的也挺好看，只是这样的日子持续不了几天，花就彻底枯萎了；还有一点不好的是栀子花很爱招介壳虫，也不知道它们都是从哪里冒出来的，所以无论是放在案头还是簪在头发上，要不了几天就得换。

栀子花虽然香，在中国古代最出名的用途却是用作染料。用栀子的成熟果实（黄栀子）浸液可以直接染出鲜艳的黄色。此技艺在秦汉时期便已成熟。《汉官仪》记有："染园出栀、茜，供染御服。"汉马王堆出土的染织品的黄色就是以栀子染色获得。栀子的果实中含有酮物质栀子黄素，还有藏红花素、藏红花酸等，都可以用来染色。古人用酸性来控制栀子染黄的深浅，欲得深黄色，多加点醋就可以了。

从百姓头上花，到帝王身上衣，栀子花简直可谓中华文明里的基因之一。阿婆们头上的栀子花在初夏的风吹来的时候，通常会换成别在胸口的两朵白兰。大抵是一场暴雨后，夏天来得急促又咄咄逼人，但天气还没有彻底热起来，阿婆们一个个就像变戏法似的，用三到四片叶子裹着两朵白兰，再用极细的铁丝将底部穿在一起，然后做个小扣，用别针挂在前胸，多是左侧心脏的位置。阿婆们坐在树荫下闲聊，我站在一边听，白兰的香便与很多故事一起编织了童年。只是我家附近鲜有白兰树，阿婆们胸口的花究竟是从哪里来的就成了一个谜。我外婆胸口也有，我问她，她说是另一位阿婆送的，我再去问那位阿婆，阿婆说也是别人送她的，她说那个人家里有一株白兰树。我便很想去见，只可惜那个人家隔着太远，又不熟，后来这事也就忘记了。

直到初中的时候班里转来一个同学，大家投缘，某日约去他家玩，一进院子就闻到那股熟悉的香气，这才第一次见了白兰树。印象中是成人一般高的灌木。江南一带俗称白兰为玉兰的“玉”字用得好，略厚且细长的花瓣犹如美玉雕琢而成，花冠微张，偶有舒展的花瓣如佛指，美得不可方物，再有那夺人魂魄、可谓醒脑明目的香，由不得你不喜欢。同学家是上海知青，很快就转回上海读书了，我们便几乎再没见过，渐渐地便也淡忘。

好多年后有一次在上海的地铁口，看到一位阿婆在摆地摊，黑色的绒布上摆着数排串好的白兰，一串 2 元。那香味，一下子就让我想起我的同学。人生海海，唯有气味长存于记忆。

我到了厦门之后，才知道原来南方人说的玉兰是高大的乔木。我住的地方就种了很多，每逢花开季节，馥郁的香气很沉，落在地面上，包裹着每一位路人，甚为沉醉。接着去了广州，在华南植物园里看到标牌，才知道白兰就是缅桂，这纠正了我数十年的错误。广州比厦门更加潮热，白兰树更为高大，栽得也颇为密集。去玩的时候，曾遇到一场大雨，满地玉碎香浓 除了美食和友情，最不能忘的便是它了。

知识扩展

为什么有些植物的花香，有的花不香?

●植物开花是为了繁殖，繁殖需要授粉，授粉的媒介通常有风媒和虫媒两种。借助虫媒的植物，其花常常散发香气，这是为了吸引昆虫前来授粉，进行“传宗接代”，所以往往越是外形很小、不易被昆虫发现的花儿，其香气越是浓郁，比如米兰、七里香。而大的花往往没有那么香，比如倾国倾城的牡丹，因为牡丹本身的外形已经具有足够的吸引力，能使得蝴蝶、蜜蜂等前来。也有一些花儿是依靠风媒传播花粉的，一阵风起，其花粉随风而去，落到另一棵植物上便自动完成了授粉，这些植物的花儿通常也没有什么香气，比如柳树、核桃、高粱和玉米等。

17

花分“四品”说分明——海棠

没有海棠的春天是不完整的。

我喜欢海棠，谁不喜欢呢？苏轼都怕海棠睡了，要秉烛夜观；在《红楼梦》里，曹雪芹让一帮冰雪聪明的女孩子结个诗社都叫“海棠社”，还借着宝玉的嘴将西府海棠唤作“女儿棠”；中南海的西花厅里，海棠默默地绽放周恩来和邓颖超的爱情。

我小时候并没有见过海棠，在相当长的时间里，一度误以为秋海棠便是海棠。秋海棠的色彩确如海棠一般，白里透着粉红，既娇又羞，但毫无风韵可言，如何就得了那么多人的爱？我想不通。

第一次见海棠是大学刚毕业，我去安徽农业大学的一处网点检查工作，顺便就转了一下校园。那日小雨，

⊙ 安徽省 江苏省 上海市 陕西省

垂丝海棠

安徽农业大学校内古木参天，甚是喜人，也无需擎伞，春天的小雨嘛，若有似无的，无碍。忽然雨大了起来，我便躲进主楼，一眼瞥见后门口处有一片光影摇红，似有烂漫春景，便走了过去。我想我当时大约是怔住了：一株碗口粗的老树，挂着无数朵盛放的垂丝海棠44，千万条雨丝都化作泪，搅和着胭脂红，将春天都滴在我的心底。

后来我去中国科学技术大学读研，科大最有名的是日本晚樱，可我最爱的还是艺术画廊门口的紫藤和垂丝海棠。日本晚樱花枝繁茂，过于浓郁齐整，因此也显得平淡；唯有在春风中微颤、在阳光下轻扬、在细雨里抽泣的垂丝海棠，用白与红的晕染，将春天的情绪囊括在一起，令人欲罢不能。

中国古人常说的海棠四品分别是：垂丝海棠、西府海棠、木瓜海棠和贴梗海棠。后两种都是木瓜属的，只有垂丝海棠和西府海棠才是“正宗”的海棠，是蔷薇科苹果属的植物。

44

垂丝海棠

45

贴梗海棠

17

贴梗海棠45枝干低矮，花红得就像是热血，适合做盆景。二十多年前，我父母和姐姐一家都搬到上海后，姐夫在院子里种了一株“红梅”，等春天花开了才发现是贴梗海棠 算是惊喜。此后这花儿便年年开，它旁边还有一株紫色的牡丹，一并绽放，成了小院里春天的两位王者——红得狷狂，紫得大气，将桃李杏都比下去了。

我在上海植物园里见了不少木瓜海棠46。木瓜海棠的花瓣浑圆，略显呆板，胜在白与红的色彩交融多变。那一日阳光正好，木瓜海棠深深浅浅的色晕在我们面前盛放成一片片浓浓淡淡的云彩，让人的心底，像是坐飞机的时候遇到落日的余晖，总有无数重冲动要伸手去抓住那份美丽，直到触碰到厚厚的舷窗玻璃。

木瓜海棠

46

西府海棠

2020 年的春天，我去了苏州，在留园里见到一株百年以上的木瓜海棠，只剩下一朵花了，还挂着去年的一个果，让我忽然觉得孤独。

四种海棠里，西府海棠[47]历来最受人喜爱。前面说的苏轼秉烛夜观的，宝玉嘴里的女儿棠，还有寄托着周邓爱情的，都是西府海棠。我第一次看见它，却是在一个完全意想不到的境地。

也是一个带雨的清晨，春风刚刚吹进秦岭深处，款冬从草丛里冒出金黄金黄的身段，领春木和高山杜鹃花憋得就等着将山林绽放成锦缎。我去找一只在山中湿地里生活的孤沙锥，却在看见它之前先遇见了一树西府海棠，叫我的心软了一下，让我的脚步停了很久。

47

我的眼睛里只剩下那一树的粉黛娇媚，“疏雨催花吐胭脂，新绿一重数点红”，崇光嫣然。若不是几只白领凤鹛飞过来在花间做了登徒子一般，我怕是忘了还要去找孤沙锥这件事。

不能怪我观鸟不专心，毕竟孤沙锥长得和寻常见的沙锥并无太大差别，而这西府海棠的风韵当真是其他春花无法比拟的。无怪乎《幼学琼林》这本中国古代儿童启蒙读物里的《花木》一篇中，前几句便写了“莲乃花中君子，海棠花内神仙”。

西府海棠

很多年以后，我还会想起那一株深山里的西府海棠。它让我似乎与很多咏花人有了跨越时空的链接，我只是想不通为何它会出现在那种人迹罕至的地方。就像有时候我也想不明白：为何我读了很多书，走了很多路，却始终喜欢站在春风里，想做一个拥抱无知的小孩。

或许，海棠的美能让看了的人返璞归真？

18

"堇"上添花
——堇菜与紫堇

堇菜48不是菜，勉强算野菜，蒸着吃或者凉拌都行，但味道远不如春天里的婆婆丁、马兰头、荠菜那些受欢迎。春天的堇菜最讨人喜的是它开花的样子——仿佛大地一夜之间睁开了许多双眼睛，被春风一吹，还忽闪忽闪的，让人爱不够。

中国堇菜属的植物有 100 多种，很多看起来很相似，不易分辨，让精通植物分类学的达人们也觉得头疼；我倒不觉得这是个难题，因为我根本就无所谓它们究竟是谁——遇到花儿、俯身细察，感到自己的一颗心儿跟着它，一次又一次在春风中颤了又颤，就已有了十二分的满足。

紫堇49也不是紫色的堇菜。堇菜可以通指堇菜科

⊙ 江苏省 江西省 福建省 新疆维吾尔自治区 等

阿尔泰堇菜

48

堇菜属的植物，也可以指一种中文正名就叫“堇菜”的堇菜属植物；紫堇与之相似，只不过紫堇是紫堇属的，分类学上往上数，是罂粟科。

罂粟科盛产各种美艳的花儿，轮到紫堇属的，大多有一股动人的妖娆之色，还带着泼辣劲；你若觉得堇菜的花儿像小姑娘一般纯净动人，那紫堇的花儿就像是《红楼梦》中的凤姐儿。紫堇的花距很长，花瓣像噘起来的小嘴，仿佛是一个长长的小喇叭。紫堇开起来的时候，可不是一朵两朵的，而是一串一串地开，动辄盘踞成一大片，成百上千的小喇叭恨不得一齐吹着号子，要把春光占尽。

我第一次留意到紫堇，是在春季的南京：有几丛“夏天无”从明城墙的缝隙里冒出来，如几小股升腾的烟霞，为沧桑平添生机；南京大学校园里，林下的刻叶紫堇蔓生一片，将大地的春衣晕染成紫袍，又被春风拂过，色浓色淡之间，恍惚了四月的微雨。

在现代都市，春日里已经越来越难以见到这种中国土生土长的漂亮花儿，城市绿化带只剩下各种进口的园艺花卉在浓妆艳抹。至于喜欢生活在湿草地、山坡上、灌丛下、杂木林缘旁、村头田野甚至老宅墙根的堇菜，那就更少了。

无论是堇菜属还是紫堇属的植物，都

阿尔泰堇菜

紫堇

有很多生命力极其旺盛的种类。在雪线之上的流石滩，我不止一次与它们相逢，令我在气喘吁吁濒临高反的边缘，见证了生命的璀璨。我不止一次匍匐在它们面前，用最虔诚的心，尝试用手中的镜头去记录它们的绽放。只是很遗憾，至今也没能留下让我自己觉得满意的画面。不是它们不美，也不是周遭的环境不够震撼，而是缺氧状态下的我，思维似乎陷入了一种停滞状态，想不出究竟该如何将内心的澎湃传递出去。

流石滩上的堇菜，花冠比城里见的那些要大很多，像摊开翅膀的蝴蝶，或白或黄或又作蓝紫色带着斑纹，多变且娇柔，与周围尖利的碎石对比鲜明。不过也不能没有这些石头，否则雪域高原上的寒风会辣手摧花。

49

一种白色的堇菜

高海拔地区的紫堇色彩更为缤纷，除了大红色没见过，白的、黄的、橙的、蓝的、粉的、玫红的、紫的……大自然的调色盘被它占了一大半，而且每一种又可以细分，比如蓝紫色的，其中浅的如同裁了一片蔚蓝的天空裹着；深邃的，堪比跳进了湛蓝的大海。

尽管城市中越来越少，但是也并非完全看不到堇菜和紫堇。至今我还记得有一次去江西赣州，在一处背光的城墙下，一大丛黄堇开得好像被谁施了魔法——偷了一束春天的阳光定格在此。我已经完全不记得那次在赣州郁孤台上读过的诗句了，却还记得这丛花儿。

后来，我在所居城市的植物园和一帮大小朋友观察春天鸟儿筑巢的时候，忽然瞥见山坡上似有明眸一闪，正是堇菜属的七星莲。我招呼着大家伙儿都过来看，那蓝蝴蝶一般的花儿，小小的，不过指甲盖那么大，风中轻轻一摆，就在众人的脸上推开一道欣喜的涟漪。

根据我个人这几年的经验，除了前面提到的几种，堇菜属的紫花地丁和早开堇菜，紫堇属的紫堇、珠芽地锦苗和延胡索等，依然隐居在很多城市的某些角落，

某种紫堇

甚至偶尔还能开成一小片，得意地制造出一段颇具魅惑的春光，诱你日日都想去拜访。乡下就更多了，不用那么憋屈，要开就开成一大片，美得冒泡。延胡索尤其多，不少地方甚至专门种植，原因也简单——延胡索的地下块茎晾干后，便是著名中药“浙八味”之一的“元胡”。

我已经不敢奢望有一天堇菜和紫堇会被城市绿化设计者们相中，大张旗鼓地重归城市。你若是有幸遇见它们，步伐不妨放得慢一些，甚至为它们停下。因为，你撞见的是春天与城市之间的古老约定，面对的是已在荒野上跳了千万年纵情之舞的精灵，一句“千万和春住”是不够的。

知识扩展

怎样判断大树的年龄？

●要判断大树的年龄，通常看年轮。如果我们把树木横着切断，会看到一圈圈的纹路，这纹路叫年轮。树木每长一年，它的横切面的年轮就会多出一圈，所以，树木有多大年纪就有几圈年轮，树龄越长，其年轮的圈数也越多。

大自然博物记

19

城市草地寻宝——瓶尔小草与“草地三宝”

我的朋友对我说，她单位的草坪上有瓶尔小草，要带我去看。

城市草坪上值得特别关注的植物并不多，除了瓶尔小草这种名字听上去就有些奇怪的，最有名的就数有“草地三宝”之称的 3 种兰科植物：线柱兰、绶草和美冠兰。

瓶尔小草50是一种蕨类，和我们日常印象里蕨类喜欢长在阴湿之地不同，在长江中下游以南和陕西秦岭南麓的很多城市草地上都能找到它。

中国地方很大，古代资讯交流欠缺，现代意义上的动植物分类学在中国出现之前，各地的人们已经用自己的方式给常见的动植物进行分类和命名了，这就是为

⊙ 福建省

什么很多动植物除了学名之外，还拥有诸多别名。这些别名往往千差万别，令初次接触者摸不着头脑，误以为是不同的物种。然而面对瓶尔小草，这种误会很少，因为天南地北的中国人对瓶尔小草的诸多称呼都差不多，大多都和它独特的外形有关：独叶一支枪、一矛一盾、独叶一支箭、蛇舌草等。瓶尔小草的外形实在是太独特，由不得大家不以此为要点来命名：一片舒展的营养叶，像一面小小的盾牌，一片挺立的孢子囊穗是蛇舌、是箭、是枪、是矛……

瓶尔小草

瓶尔小草也是中药材，按照中医的理论，具有清热解毒之功效，据说还可以治疗毒蛇咬伤，但是这个并没有得到蛇类研究专家们的认同。蛇毒极其复杂，最保险的治疗方式还是注射抗毒血清，万一不幸被剧毒的蛇咬了，指望小小的瓶尔小草是不行的。

很多人看到植物后总爱问一个问题：“能不能吃？”也不知道这是出于本能还是习惯。我想如果一个英国人

50

这么问大约是没问题的——他们的日常饮食让人如此难以下咽，当然要探索一些新可能；但是身为一个中国人，拥有全世界最丰富的食材及烹饪技法，日常所见的物种，什么能吃？什么好吃？老祖宗早就替我们筛选出来了啊！既然愿意相信《本草纲目》之类的古代医书，为什么不相信老祖宗们的食谱选择呢？

兰科植物大多比较珍稀，在草地上看到兰花，很多人都会有些诧异。其实我小时候老家的山里兰花很多，爱花的人挖一两株回来种上，春天花香醉人，就让孩子搬到学校去，放到教室的窗台上与大家共享。后来贩卖得多了，野生兰花很快就被挖没了，而人工种植的兰花，香气始终欠了一些野性，我不喜欢。线柱兰、绶草和美冠兰的花比小指甲盖还小，不起眼，也没什么香气，所以才容易被人忽略。数量也多，不值钱，没什么人惦记，因此在很多其他兰科花卉濒临灭绝之际，它们反倒是岁岁年年在草地上风骚如昔。让人想起庄子说的无用之材，因其“无用”，方可成荫。

线柱兰51大多数矮得很，厦门常见的多在 5～10 厘米，往往一开就是一小片，彼此距离很近。远远看，仿佛是绿色的草地上散落了些白樱的花瓣。凑近了看，咖啡色的叶子包裹着淡棕色的茎，那些比米粒大不了多少的花儿或白或米黄，表面并不平整，泛着星星点点的

51

线柱兰

光。看线柱兰最好带上放大镜，你会发现花朵的唇瓣像个黄色的小舌头，贴向茎条，让人想起冰天雪地里在户外用舌头舔铁栏杆的蠢蛋，想想都好笑。

绶草52 10～25 厘米高，花是淡玫红色的（唇瓣白色），绕着茎开，像一条微小的盘龙，很惹人爱。我第一次见绶草是在婺源靛冠噪鹛的繁殖地，那片高大的枫杨林不仅仅养育了靛冠噪鹛这个中国最濒危的鸟类种群之一，林下的草地上，星星点点粉红色的绶草花带来的明丽感同样令人印象深刻。而厦门的城市草坪上，绶草就不如线柱兰常见了，也许正是因为它有几分姿色，所以一旦开放，便会引来围观，不免有惨遭毒手的情况。

绶草

草地三宝中，美冠兰53的外形最接近我们熟悉的兰花。花是橄榄绿色，舒展如佛指，唇瓣白中带紫，自带优雅。与相对低矮的线柱兰和绶草不同，美冠兰的花莛很高，能超过 40 厘米，却也因此屡屡被草地养护工人割掉，“木秀于林，风必摧之”，令人扼腕。美冠兰的花期不短，我却总碰不上厦门美冠兰的花开时节，今年好不容易发现一株，等不到花开就已经被割了两次。看来今年要想在家门口看到美冠兰，恐怕得起个大早，蹲守一下，看究竟是哪一位养护工人，好去叮嘱一番。据说美冠兰的假鳞茎可以止血定痛，不知能不能治疗心痛……

美冠兰

53

20

"想说爱你不容易"——美冠兰

美冠兰、线柱兰和绶草被戏称为"城市草地三宝"。它们都是兰科植物，但并不像它们的大多数同类那样只生活在深山老林里，而是经常在草坪上冒出头，开出花，让有心的人惊艳，让无心的园林工人挥刀又把头给砍了。

惋惜也没有办法。

上个月有几天雨水多，初夏的微风清爽得很，此时不出门更待何时？我旋即拿起相机，去寻找美冠兰了。

美冠兰 54 挺立的花茎通常可以轻松超过 40 厘米。我眼前的这些美冠兰，已经开花的有十几株，还有不少尚处在抽芽阶段，但最高的也不足 25 厘米，而且不少花已经谢了，正在结籽。经历过无数次"见到美冠兰抽穗，开心地期待过几天来看花，结果只见到被割

⊙ 福建省

草机削平”的惨剧，我疑心这些“矮化”的美冠兰是自然（园林工）选择的结果。

这个假设并不太靠谱，毕竟哪怕只有 25 厘米高，也未必能被园林工人容忍。他们习惯了只需整齐划一，不需要个性——那样太难管理了。他们也不在乎美冠兰的花多么好看，反正花小小的，一脚就踩死了，没人注意到。所以我想还是把美冠兰的照片拍出来，然后和文字一并让大家看到，也许这些照片和文字能触动某位园林工人心底的一点爱呢？

无论如何，美冠兰都值得你为它驻留——听名字便知道它的颜值如何了。草地上若是开了一片美冠兰，躺在那里望过去，那些花儿，多像一个个穿着紫红色裙子的小精灵正张开翅膀扑向你啊！心情能不好吗？然而那些翅膀上还有很多“血丝”，又让人觉得心疼——它们是用尽了力气在开放呢！若是看得再仔细点，你会意识到兰科的花儿果然都是狡猾的“骗子”，没有花蜜不说，唇瓣上毛刷子一样的构造，可谓雁过拔毛一般，将昆虫身上从别处采集来的花粉收集得一干二净。

美冠兰也是一个属的名字，其中最常见的一种就是美冠兰，却也因为广布，极易被忽视——不仅仅是我们这些外行，就算是专家们也很容易看漏眼。中国科学院西双版纳植物园是中国植物种类最多的植物园，2013

美冠兰

年的时候，植物园科研中心办公楼前的草坪上，一大丛盛开的美冠兰意外地引起了工作人员的注意，经确认不是引种，而是当地原生的。中国科学院西双版纳植物园成立于 1959 年，有诸多大植物学家，美冠兰竟然在 2013 年才在西双版纳地区首次被记载报道，谁能想得到呢！

网络上有关美冠兰分布的描述也有很多是不正确的，比如福建显然是美冠兰的分布区，网络上却查不到。关于分布海拔，网络上写的是 900 ~ 2 100 米的范围，然而西双版纳植物园的海拔只有 550 米左右，至于我眼前这片位于厦门岛内的草地，海拔连 55 米都不到。学

54

美冠兰

习这种事，和上网搜搜然后到处照搬还是有本质区别的，更不能凭此就以为是得了真理。

对着这些漂亮的美冠兰，我拍了很久，遗憾的是，获得的并不都是快乐的记忆。我不明白，为何城市中心的绿化带，尽管是个不太起眼的角落，却偏有人要在这里——几株美冠兰旁，留下粪迹。

中国人自古讲究幽兰高洁，美冠兰啊美冠兰，你本该是最普及的一种兰花，奈何时常生不逢地、命不逢时，还容易遭人屠刀或污秽，想说爱你还真不容易呢！

21

一束花团解千愁——无忧花

有些花儿开在春末夏初，比如无忧花，厦门植物园里有印度无忧花和中国无忧花两种，种在一起，就像中印两国，也是邻居。

人类生活在大自然里，“通感”是一种很神奇的东西：无忧花的名字源自佛教，任你心绪如何，见到这大团绽放的橘红色花儿，都会为之一震，进而沉浸在那股热烈之中，仿佛阳光直抵心房深处，令你解忧忘忧。

印度无忧花55的叶子也很有特色，新出的叶呈绛红色，一片片垂贴在一起还未展开，远看像晾晒着的一件件旧袈裟，故而又名“袈裟树”。中国无忧花56的叶子不太像袈裟，但胜在花儿开得更加浓烈，而且因为它的花序既有顶生也有腋生（印度无忧花是顶生），也更大，

⊙ 福建省

所以你会觉得一整株树都在开花；我敢保证，在 4 月的盛花期遇见它，绝对是一次带来强烈视觉冲击力的人生体验。

两种无忧树的花儿都是圆锥花序，所以一开就是一团花；而且因为它们其实都没有严格意义上的花瓣，看上去像是花瓣的，其实是萼片裂开罢了，底下合生成管状；雄蕊长长地支棱在外，托着带紫的花药；远看像黄色或者橙色的大毛球。无数蜂蝶跟着这热热闹闹的花儿一起闹闹哄哄的，生机勃勃。

无论是印度无忧花还是中国无忧花，都不耐寒，所以北方的朋友要来闽南或者岭南才有机会见到。没办法，谁让佛教是印度人创造出来的呢？你看那佛经里写的佛教寺院里应种的五树六花，全都是南方物种。不过规矩是死的，人是活的，佛祖和菩萨也不是爱计较的性格，北方寺院里常见的国槐、榆树、银杏、紫藤、玉兰什么的，但凡能给世人一缕芬芳、一片荫凉，就准没毛病。

55

印度无忧花

中国无忧花也可以作为紫胶虫的寄主。紫胶是由紫胶虫分泌的一种天然树脂，在军事、医疗、工业上具有广泛用途。李时珍的《本草纲目》里的“虫部”已经专门记载过，不过里面没提只有雌性紫胶虫才能分泌紫胶，雄性可没这本事。瞧瞧，大自然中伟大女性的又一例证！

中国无忧花

据说佛祖释迦牟尼的母亲被一株盛开的无忧花吸引，走过去时动了胎气，于是佛祖就在无忧花下降生了。所以南传佛教盛行的地方，无忧花也被老百姓视为“求子树”。世上的无忧花大约有 20 种，佛祖究竟是在哪一种无忧花下诞生的？没人说得清楚。但对信众来说这也不打紧，只要“无忧”便好。

56

22

春花春雨江南
——玉兰、杏花及其他

“江南无所有，聊赠一枝春”，若说江南的春色迷人，“春花带雨”则是要迷心的。

小区里的红叶李[57]开得正盛，一树接着一树，如绯云落在楼宇间。雨水像是一张网，将这些绵延的云朵都罩住，不让它们飞走。我便徜徉在这云朵里，脚下轻飘飘的，踩出的水花似乎都有香水味。

红叶李

其实红叶李并不香，香的是玉兰[58]。玉兰有些开得正是时候，有些竟然已急急忙忙地落了。想到雨还在下，让人心一揪。

难怪古人会伤春！还没有来得

⊙ 上海市 57

玉兰

及在这馥郁的香气中晒一次三月的暖阳，还没有来得及坐在树下的草地上，度过一个漫长且无所事事的午后，春天怎么可以就要作势远去？

我捡起羊脂玉一般的花瓣，把错过的春天捧在手心，一次次深深地呼吸，企图将它留入心扉，哪怕知道这是徒劳无果也不肯撒手。

二月兰59是紫色的精灵，春雨中，它像蝴蝶的翅膀一样忽闪着；它们可以在芭蕉的脚下创造出一片明

二月兰

58 59

媚，也可以在开阔的草地上泛起一波浪花。我只有低下身子才能捕捉到它们的笑容，那是和着雨水的，仿佛含着泪的笑。

花中有很多鸟儿，黄雀、黄腰柳莺、棕头鸦雀、暗绿绣眼鸟等，它们也和我一样在赏花，不在乎风雨；稍稍有点不同的是，这些小不点儿似乎都有些耐性不足，总是喜新厌旧，从这一枝跳到那一枝，从这一株飞到那一株。我并不打算指责它们这般轻浮会有负春光，至少它们没有错过春天的一丝一毫。

小区里的杏花[60]也不少，但并不在公共绿化带，全都是从一楼有院子的人家里冒出来的。红杏出墙的美景真是一种难以抵挡的诱惑：它的花瓣比红叶李的要圆润，远看如雪，走近了就发现是润泛一抹浅红的，成熟中又透着些羞涩，雨水之下，更显楚楚动人。我站在花下，若不是担心邻人疑惑，断是不肯轻易走开。

这里的樱花[61]也很多，都是早樱。早樱不像晚樱，晚樱像穿着粉红色多褶娃娃裙的女孩子，而且有点骄傲恃宠的感觉，一不高兴就噘着嘴发脾气，连裙子都要撕碎了扔得满地都是。早樱像那些穿着白衫蓝裙的校

杏花

60

樱花

服少女，活泼但不失文雅，偶尔许是听了风送过来的什么不好的消息，于是，眼角的泪默默地流。

只有山茶花62才能够开得不在乎春愁吧！它们已经开了好久，从冬到春，永远那样红艳，像一团团天火，雨天里竟然越发地精神。贴梗海棠也红得就快收不住了，在枝条上如一滴滴的血珀，也许明天等雨停了，它们就会“嘭”的一声绽放，将未干的雨滴映衬成血。

雨还在下。

一只乌鸫站在樟树上唱歌，歌声婉转悠扬，透过枝叶，透过雨声，透过春天最后一点点寒意。

山茶花

明天，窗外的春色会更美的，对吗？

61

62

佳木繁荫

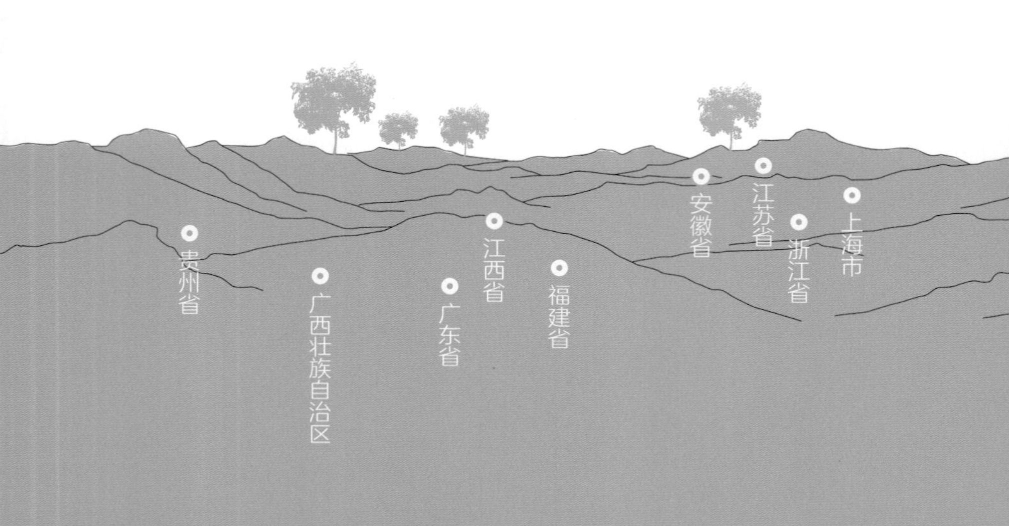
贵州省
广西壮族自治区
广东省
江西省
福建省
安徽省
江苏省
浙江省
上海市

23

低调的“活化石”——银杏

我曾就读的中学是安徽一所百年老校，教学楼前两株银杏树[63]一公一母，学生们日日在它们面前参加升旗仪式、做广播体操。从春日撩动心弦的嫩绿到秋日摄人魂魄的金黄，以及雌树的硕果累累，构成了一代代学子对母校最深刻的记忆。即便是在霜林脱尽的冬日，老干凌空的银杏树亦能给大家以昂扬的精气神。

银杏树是非常特别的。植物因为种类浩瀚，分类是个“大坑”，很多大专家也只敢说对自己研究的一两个科属的植物比较了解，因为一个科就可能包括成千上万种植物。银杏就不一样，它是银杏纲银杏目银杏科银杏属的银杏——从纲到种独此一家！这种情况在当今的植物界是极其罕见的。银杏的适应力其实很强，曾经在北

⊙ 安徽省 贵州省

银杏

半球广泛分布（现在也已被引种到欧美），然而第四纪冰川运动之后，寒冷让绝大多数银杏类植物都绝种了。天然野生银杏林仅存于中国西南山地的少数地区，堪称植物界的“活化石”，也因此它才有了如此特别的分类学身份。

银杏从种下到开花结果大约需要三四十年的时间，民间素有“公公栽树，孙儿尝果”的讲法，因此得名“公孙树”。有意思的是，如果没有开花结果，银杏树便雌雄莫辨。你想一下，万一栽下的是一株雄树，几十年之后孙子还是眼巴巴吃不上，当爷爷的会是啥心情？

63

不过银杏的果实（白果）虽然能吃，但处理不当的话，吃了会中毒。银杏是古老的物种，最近的近亲是苏铁，所以它并不能结出我们通常意义上的“果实”，能吃的是银杏种子里面的胚乳，烤着吃，或者煮熟透了都行，就是别生吃。至于外面的肉质外种皮，虽然成熟的时候看上去黄澄澄的，就像杏子一样诱人，但由于内含“丁酸”，一旦落地后开始腐烂，那股弥漫开的恶臭绝不是寻常人能忍得了的。这也是后来大量被当作行道树种植的银杏都是由雄株扦插、分株或者嫁接而来的原因，就是为了避免“臭大街”的尴尬。

银杏的叶子像一把打开的小小折扇。古人爱在折扇上题诗作画。我有位中国科学技术大学的学姐，是位事业有成的科学家，也是个优雅的人，她喜欢在银杏叶子上作画——在方寸之间释放科研的压力，也在朋友圈里滋养了我们的眼睛。

银杏

每次她有新作品出炉，校友们便在群里对着她的画题诗凑趣，当今理科人的风雅真是不输古代文士。

因为银杏叶独特的形状，古人也称银杏为“鸭脚”，宋代的欧阳修就写过“鹅毛赠千里，所重以其人。鸭脚虽百个，得之诚可珍”。但我觉得这个别称不怎么样，对不住漂亮的银杏。

银杏叶富含多种对人类有用的物质，不过千万别学某些自媒体上胡乱说的那样，觉得既然有用就拿来泡水喝，那是要喝出毛病的。银杏叶经过提取之后，去掉了有毒的银杏酸，纯化了其中的银杏黄酮苷、萜类内酯等物质，这些物质有扩张血管的作用。很多患有心脑血管类疾病的老

银杏

人家的药匣子里，都能找到一种包装上印着一片绿色银杏叶的药。这便是德国某药厂在 20 世纪 60 年代研制出来的银杏叶制品，也是现代植物药中最成功的例子（全球市场规模超过 100 亿美元），被全世界广泛用于辅助治疗心脑血管疾病。

古老的中药多采自植物，现代医学一样利用植物为人类造福。很多人一味反对中医药，这就像鲁迅先生说的“倒洗澡水时将孩子也一同倒掉了”。其实只要做到验医验药，就像青蒿素的发现过程一样，中外古老的药方里源自经验的智慧，都可以经过现代科学手段，被深度认知和再发现，从而提供更好的治疗效果。

宋代开始，银杏见著于文字的次数明显增加。此时，世界其他地区的银杏树早已灭绝，而我们的先祖发现了银杏种子的食用和药用价值，开始种植银杏；明代的《本草纲目》里已经有相关药用的记载。银杏似乎天生就具有抵御昆虫、真菌的能力，有广泛的适应性、卓尔不群的外表以及长寿的特性，这样的银杏，谁能不爱？

目前已经发现的世界上最大的野生银杏树在贵州福泉，树龄超过 5 000 年，树干接近 5 米粗，很少有别的树种能与之媲美。可惜我去的时候天气还很暖和，没看到明代王世贞笔下“一珠陡自中天涌，万象纷从下界来”的壮美画面。不过，少年时关于银杏落叶的记忆早已刻在脑海里。每到秋风起，在清晨 6 点的晨曦中，一阵风来，银杏叶如同无数金色的蝴蝶一般，纷纷落在列队做操的众人头顶。那种秋凉初生、金雨破晓的感觉，在少年心底总是能暗暗埋下一点伤逝的哀愁，和珍惜光阴、时不我待的振奋。

知识扩展

野外的树木可以帮助人们判别方向吗？

●可以。植物生长有一种本能，叫趋光性。它们的叶片和枝条会尽量向着阳光多的一面伸展，以获取更多的阳光，来进行光合作用，产生更多生长需要的养料。又由于太阳光线直射区域在南北回归线之间移动，在北半球，北回归线以北的地区，树木都会尽量朝着南方伸展枝叶来获取更多阳光、进行更多的光合作用，其南面的枝叶就比北面浓密。所以，如果阴雨天在野外无法根据太阳判断方向，可以根据树木枝叶的浓密程度来判断，浓密的是南面，反之是北面。

24

有用与无用的天平
——秤锤树

厦门植物园的西厅背后有 3 株秤锤树 64，每逢春华之际，植物园志愿者群里都会有人约着要一起去看。

这些年智能手机拍摄效果突飞猛进，已成了我日常拍摄的主力军；除了去野外拍鸟会用上，平时那些昂贵的摄影器材已被我束之高阁。然而每次去看秤锤树开花的时候，我一定会带上相机，因为秤锤树的花，美得有仙气。

清明前后的风雨并不会惹人厌，反倒是含着喜气——等天一晴，万物生的快乐便充斥天地。此时在秤锤树下抬头仰望，阳光包裹着的碧色嫩叶之间，一簇簇小花像一朵朵白色的垂丝海棠，如一盏盏倒扣的白莲；那些嫩黄色的花蕊，更是将这份白衬出纯洁的光，仿佛

⊙ 福建省

是观音大士对世人的垂怜；每朵花，不过是大拇指的指甲盖大小，却光彩照人，犹如用上好的羊脂玉雕琢而成，令人赞叹造物主的神奇。每次我带未见过的朋友去看，他们都会和当初的我一样，眼底现出痴痴的光。对爱花人来说，见到美丽的植物都想搬回家去种，以便日日陪在身边；但秤锤树的花就像是罗马假日里的奥黛丽·赫本，清纯得让人情不自禁，会放弃所有不良的念头——我从未听说有人要在院子里种一棵秤锤树。

当然，更主要的原因是，想种也未必种得活！如此美丽的落叶小乔木，园艺界当然早就有人挖空心思，想把它开发成网红的院落商品植物，奈何秤锤树的种子不仅外形看上去就像一个个长了小尾巴的秤砣，性子也像秤砣一样，几乎是个实心疙瘩，发芽率极低，而且还耐不住脱水保藏——一旦脱水，种子准废了，再加上生长缓慢……

用力剖开秤锤树的果实，你就会发现里面的种子小得很，尺寸不到果实的 1/30。秤锤树的种胚发育不完全，它需要在地下经过 2 ~ 3 年的休眠期才能最终发育成熟，然后才有机会发芽生根。这也是为什么秤锤树的外、中、内三层果皮全都高度木质化，在漫长的休眠期，“又厚又硬”的果皮可为种子提供强大的保护。

秤锤树是安息香科秤锤树属的植物，它在中国植物

秤锤树

64

学界享有非常特别的地位，不仅因为它是中国特有物种，还因为它是中国植物学家发现的第一个新属，1927 年秦仁昌先生在南京幕府山采集到了模式标本，1928 年消息由胡先骕先生正式发布。胡先骕先生是中国植物分类学的奠基人，秦仁昌先生是中国蕨类植物学的奠基人，是胡先骕支持秦仁昌于 1929 年去丹麦哥本哈根大学植物学博物馆，师从当时的蕨类植物学权威，C· 科利斯登生（C· Christensen）的指导，开始研究蕨类植物分类学；也是胡先骕委聘秦出任中国最早的植物园——庐山植物园的主任一职。胡先骕、秦仁昌，还有很多科学家们，他们都是近代中国的熠熠星光，令甚是自傲的西方科学界对这片土地上的人们亦不得不时时投来敬佩的目光。

秤锤树的果实　（摄影：喻勋林）

目前除了秤锤树，已发现的秤锤树属植物还有 7 种，分别是狭果秤锤树、棱果秤锤树、肉果秤锤树、细果秤锤树、怀化秤锤树、乐山秤锤树和黄梅秤锤树，听名称就猜得到，它们虽然类似，但果实形状差别较大。遗憾的是，几乎所有的野生秤锤树属植物的种群规模都很小，种群间的基因交流不畅，近亲交配不可避免，基因衰退几乎是板上钉钉的事。这也是野生的秤锤树属植物都处于比较濒危状态的原因之一。

如今的秤锤树是国家二级保护的濒危物种，野生林已经消失殆尽。种子发育缓慢，种群交流少，这些固然不利于秤锤树扩张领地，但如果没有人类的干扰，它最多也就是生长得慢一点罢了，不至于 100 年前以南京为中心的长江中下游地区都还有不少野生秤锤树的发现记录，现在却沦落到几乎绝迹的窘境。

庄子在《逍遥游》的最后一部分里，说参天大树容易被砍去做房梁，臭椿这样的树“无用才是有用”，方能保全自己。可事实上，秤锤树恰恰是因为“无用”才没有躲过人类的砍刀。秤锤树生活在人口稠密地区，在农业效率低下、商品流通不畅的年代，为了养活众多的人口，劈山采石、不断开荒耕地几乎是唯一的选择。果不能食、木不成材，又没被发现有什么明显药用价值的秤锤树，在当时乡人的眼底哪有存在的必要呢？偏偏又赶上时局动荡，科学家们一度自身难保，物种保护更是无从谈起。等后来意识到问题的时候，一切似乎都有些晚了。

是庄子错了吗？

从基因演化的角度看，成功的植物通过征服人类而征服地球，最典型的例子就是小麦和水稻这样的农作物。这背后还有一个重要的因素，就是人类发明出来的市场交换机制以及对市场机制进行保障的文明。秤锤树属所属的安息香科植物，树脂干燥后形成的安息香是重要的植物药材和香料，最早将这种香料带入中国的是来自安息国（帕提亚帝国，大致在如今的伊朗地区）的商人，因此这个名字本身也是自由贸易的产物，就连“秤锤”也与商品交易密不可分，不是吗？庄子生活在一个静态的世界里，而现实生活中，只要对人类有“价值”，一切都会被复制，被再生产，然后在基因层面得到“永生”。

然而，别误会了庄子。“何不树之于无何有之乡，广莫之野，彷徨乎无为其侧，逍遥乎寝卧其下”，庄子所言的“无用”，说的是为了实现人生境界里真正的自由，需要不为世俗眼光所牵绊，随心所欲，并最终得以将世人眼底的“无用”安置于真正的“有用”之处，于适得其所处得大自在。彼时的乡人觉得秤锤树不可食、不成材，但是令人懂得秤锤树的观赏和科研价值有多高！既然“才有适用之地”，秤锤树的春天也就因此隐隐在望了。

通过扦插生根、人工的种子繁育、人工环境适应驯化等多种手段，现在北到北京的中国国家植物园，南到深圳的中国科学院仙湖植物园，在中国不少高规格的植物园里，科研工作者们通过对秤锤树属植物的研究，不断丰富着人类对安息香科植物演化的认知；而每到春天，这些地方也都会迎来欣赏秤锤树花的植物爱好者们。大

秤锤树花

家沉浸在其美丽之中时，也时常会聊起胡先骕、秦仁昌这些中国植物学界的老前辈们。他们当初目光里的爱，仿佛就洒在那些洁白的花朵之上，与众人隔着时空相遇。

知识扩展

植物的繁殖方式有哪些？

●植物的繁殖分为有性繁殖与无性繁殖。有性繁殖是指用种子繁殖新的植株，比如农民种麦子用麦种、种稻子要用稻种。而无性繁殖，通常分为扦插、压条与嫁接等方式。扦插是指把植物的一年生成熟枝条剪切为合适长度的一截一截，插到地下，使之成活、成长为新的植株。有些植物甚至能用叶片进行扦插，比如玉树。压条是指把植物的一年生成熟枝条靠近地面，切破外皮、压在土壤里，使之发芽、生根的繁殖方式。而嫁接，指想要的品种的接穗插进合适的砧木，再包裹好，使之生长出接穗的新芽的繁殖方式。有时候我们能看到一棵植物上开出不同的花，那就是嫁接的功劳。

25

从“妃子笑”到百姓家——荔枝

福州西禅寺大门上的楹联写着：“荔树四朝传宋代，钟声千古响唐音。”落款是晚清时期曾任厦门道台和福建布政使的周莲。福建人大多挺喜欢他的，不仅是因为他平定海疆，理清匪盗，在厦门留了不少墨宝，更因在福州期间，周莲指导其私厨为闽菜留下了赫赫有名的“佛跳墙”。

福建莆田仙游县人蔡襄，与苏轼、黄庭坚、米芾并列为宋代书法四大家。蔡襄和欧阳修是好朋友，也是苏轼推崇的前辈。大家都知道苏轼会吃，“东坡肉”人尽皆知，他的“偶像”自然不大可能对美食是个外行——有《荔枝谱》为证。虽然蔡襄写的《荔枝谱》并非国内史料记载中最早的，却是目前流传下来的最早，也是最

⊙ 福建省 广东省

为精练的有关荔枝[65]的博物记载。区区两千多个字，令人读完脑海里就只剩一个念头：赶紧去买两斤荔枝吃吃。

《荔枝谱》中提到，“闽中唯四郡有之，福州最多”。既然周莲是个美食家，对荔枝这样的南国佳果，就不可能不关注。西禅寺众多的撰联不离“荔”字，实因自古以来西禅寺便与荔枝林融为一体，法堂前至今依然保留着一株宋代古荔枝树。我去看的时候，觉得这树枯瘦如此，只怕是名存实亡；但仅有树皮的老树虽不再枝繁叶茂，却也绿意葱葱，不像是行将枯朽的样子。我就问了问寺庙里的僧人，被告知这宋荔如今依然年年硕果不断，而且皮光味甘，每年寺内荔枝开园采摘义卖的时候，抢都抢不到。我有点后悔来得早了一点，赶不上西禅寺义卖时一年一度的“怡山啖荔”诗会这等雅事——按照传统，文人雅士应邀莅寺，采摘品尝荔枝，同时击钵催诗、擘笺斗韵、挥毫书画。中国的水果吃出这般文雅的，只怕是找不到第二种了。

不过，福州荔枝虽多，但作为在福建生活了二十多年的人，“福建最好吃的荔枝是莆田荔枝”可以说已经成了刻板印象。如今的莆田市范围大致就是宋代蔡襄的老家兴化郡地界。其实蔡襄在《荔枝谱》里也认为自己老家的荔枝最好，他写道：“闽中唯四郡有之，福州最多，而兴化郡最为奇特……兴化郡风俗，园池胜处唯种

65

荔枝树

荔枝……尤重陈紫，富室大家岁或不尝，虽别品千计不为满意。陈氏欲采摘，必先闭户，隔墙如前，度钱与之，得者自以为幸，不敢较其直（同‘值’）之多少也。”你看看，这陈家的荔枝，已经到了千金难求的地步，其美味何须多言！

荔枝最早写作“离支（同枝）”，大约东汉才写成“荔枝”。西汉司马相如的《上林赋》中便有记载，“离支”和葡萄、樱桃、郁李等水果一起，被种在上林苑的北园里。“离支”一词充分反映了中国古人对荔枝的熟知程度。荔枝成熟于高温、高湿的夏季，病虫害容易潜伏；果肉含水、含糖量极高，代谢旺盛，采后消耗快，很容易变质；龟纹结构的果皮，表面疏松且蜡质层不连续，极易失水褐变，所以特别不耐储藏，连枝割下才能勉强多存几日。所以，荔枝素有一旦离枝则“一日色变，二日香变，三日味变，四五日几不可食”之说。

我第一次看见新鲜的荔枝是在 20 世纪 80 年代，那是一件让人很难忘的事。彼时我还在安徽老家读小学，对杨贵妃“一骑红尘妃子笑，无人知是荔枝来”的故事虽有耳闻，但从来不曾见过荔枝。因为不耐储存，无论

是产自闽地、岭南与海南，或者西南山地的荔枝，在那个年代都不大可能出现在我面前。当时我一个亲戚小哥在福建省军区当兵，是首长的勤务员，跟着首长出差到合肥，坐飞机来的，特地带了些当日清晨采摘的荔枝，到了合肥后托人连夜送到家里。

在灯光下，我是将荔枝捧在手心的。初看，表面是如同鳞片突起的红紫色果皮，觉得有些其貌不扬；再接着隐约闻到蜜糖一般的香气，便知定有内涵。因为没有经验，掰开的时候用力过猛，大拇指一下子将水晶羊脂般的果肉按碎了，香甜四溢的果汁飞溅到我的脸颊和衣领之上；一惊一悔间赶紧将其塞进嘴里，顿时唇齿留香，喉甜嗓润，脑海里炸了一般：天下竟然有此美味！瞬间觉得杨贵妃也没那么“坏”了。

等我长大来厦门后才发现，无患子科的荔枝树，因为树冠浓荫蔽日，挂果殷红喜人，被不少地方用作园林绿化。厦门大学校园里也有不少，但很少见人去采摘，大约是并不好吃，也不适宜去吃（喷洒了很多农药）。只有真正作为果树栽培的荔枝林里的那些品种，才是香

荔枝树

甜可口的佳品。

前面提到福建莆田的荔枝好吃，广东人大约会不服气。岭南的荔枝确实美味，整个珠三角地区都是优质产区。红沙壤土和潮热的气候滋养出来的荔枝，果肉剔透晶莹，入口银浆乍崩、清甜润喉，如今大家熟悉的荔枝品种如早熟的“三月红”、暗红带绿清香满口的“挂绿”、如有桂花香气的“桂味”、深红多汁的“乌叶”、肉厚核小香浓嫩滑的“糯米糍”等，都是出自广东。（大名鼎鼎的“妃子笑”在四川、福建、广东、台湾等地均有种植）随着空运和冷链运输的普及，别说身居长安的杨贵妃想吃涪陵的荔枝了，就是叶卡捷琳娜大帝要吃海南岛的荔枝也不难。

这两年，随着自媒体时代的到来，一些原本只在当地口碑不错、并不为外界知晓的地方特色品种，也一时间风靡起来，但鉴于产量有限，只能价高者得，动辄以一两百元一斤令人咋舌的天价销往外地，本地人反而吃不着，也吃不起了。想起前文提到的蔡襄笔下富人抢购“陈紫”荔枝的故事，不免唏嘘。

有人说味觉记忆是终身的。如果这是真的，我觉得深圳大学和南方科技大学的做法就很好——这两座大学虽然差别挺大，但都和深圳这座城市一样，很年轻，对其学子来说，缺乏年代感的校园本身似乎也没什么特别值得骄傲的；不过，这两所大学所在的深圳南山区自古就是优质荔枝产地，校园建设过程中都刻意保留了原有的荔枝林。所以每到收获季节，那挂满树梢的红彤彤的果实都会如红霞织就的霓裳一般，被众人从翠林间悉心取下，然后裁分成一缕一缕的，供全校师生分享。所以我猜，这荔枝的味道，想必就是莘莘学子关于母校最香甜的记忆。

俗话说，前人栽树后人乘凉，可如果栽的是荔枝，说不定还能把后人培养成有文化的“吃货”。

26

阅千年沧桑——柏

陵前种松柏[66]，在中国有悠久的历史。

“黄帝陵的柏树数不清”，民国时候动用了军队才数清楚：光千年以上的就有 30 000 余株。更有一株据传已经超过 5 000 岁，是黄帝生前手植的古柏“轩辕柏”。孔子爱松柏，《论语》中一句“岁寒，然后知松柏之后凋也”激励过无数中国人。孔子死后，弟子从四方归集，在他的坟前种了各种奇木异树，形成了“孔林”，这其中自然包括柏树。上次路过曲阜的时候，我不知道孔林里的不少植物是从古一直保留至今的，所以就没去，殊为遗憾！汉代《礼经》规定了帝王陵种松，诸侯种柏，官员种杨，百姓种榆，然而后世似乎并没有完全照章办事，帝王陵前的柏树一点儿也不见少，民间也常常“僭

⊙ 山东省 河南省 山西省 四川省 江苏省 北京市 青海省

越”，更别提推翻皇帝之后了。

中国人尊先重祖，陵前的柏树因此鲜受刀斧之祸。柏树长得慢，但寿命长，葱郁一成，便可以泽被后世千年。

我一直以为，学历史要多见些古物，促进感知才好。博物馆里的器皿自然是不错的，只可惜它们自己不会说话，若无专家指点，观者需要大量的知识储备才能看出其中的脉络端倪，对寻常人而言难度不小；古建筑本与生活贴近，最易引人感慨：“登斯楼也……”奈何中国的建筑多为木结构，容易毁损，国内留存最早的不过唐代，一些宋元的杰作，虽经历代修缮幸存下来，但后世工法已变，结果也多是面目全非；倒是古树，斗转星移之下巍巍然自始至终，总能让人肃然起敬，尤其是柏树这种动辄活了上千年的，更是有了精魂一般，瞬间便可诱人穿越回当初。

如果说敦煌开启了我对中国人审美来源的思考，那么古柏，尤其是周柏、汉柏，则诱发了我对中华文明源起的兴趣。作为一个受过现代教育的人，我深知：想了解这些，去读前人撰写的文献就好，可如果想从内心深处去感受这种文明的演化，“读万卷书，还要行万里路”，因为历史皱褶里的那些细节，即便保留至今，也很容易被文字忽略。

很多很多年前，我去泰安爬泰山，爬到一半放弃了，据说那一天泰山上的人比泰安市区人口还多。于是我就去了人少一点的岱庙。岱庙里的牡丹，国色天香，名不虚传；汉柏院内的古柏更是难忘。那是我第一次在现实生活中接触到与汉代有关的事物——这几株古柏相传为汉武帝元封元年（公元前 110 年）登泰山时亲手所栽，距今有 2000 余年。柏树特有的香气，让我从刚刚接触牡丹那妙不可言的暗香之后的癫狂转为冷静，当我将手掌贴上古柏那纵裂如百索绕躯的树干时，在触碰的一瞬间，脑海里忽然第一次意识到自己是汉族，是历经了捭阖纵横的时代之后大一统文化不自觉的继承者，之前见到牡丹后，满脑子“云想衣裳花想容”的盛唐不过是这种文

古柏　　拍摄于河南嵩阳书院

66

古柏　　拍摄于河南嵩阳书院

化的再生罢了。那是非常奇妙的感觉，从此以后，你不会觉得一切理所当然，你会审视自己言行里习以为常的东西——它们的源头究竟在哪里？它们是如何变化而来的？

牡丹让人想起大唐的雍容华贵，但是大唐的神韵我却是从一块石碑上第一次感受到的。这块石碑在嵩阳书院的大门外，名叫“大唐嵩阳观纪圣德感应之颂碑”，其书法、雕刻、造型，均乃神作。碑座四面十龛，内各雕人型怪兽一躯，双肩生羽，鼓腹露脐，双腿作奔驰状，操蛇、挟鱼、持兽、握龟等，蛮力十足；碑文是隶书，徐浩的字，端正刚劲又不失奔放流畅，像极了那个时代；碑首上层为卷尾石狮拱持宝珠，中层的云盘宽大，犹如坐地生烟，又似飞檐高起，也正是因为这个云盘的存在，原本沉重的碑身便有了可以飞腾的轻盈之美，让人意识到大唐因为民族融合保留下来的恣意飞扬的那一缕魂魄有多么美妙。在崇阳书院里，一株被汉武帝封为“大将军柏”的周柏，就斜靠在墙头，望着这唐碑，不知道它这千余年来的眼神，是羡慕是欣慰，又或者有些疑惑？

其实这“大将军柏”的身材远不如同在书院里的另一株周柏“二将军柏”，只因汉武帝对大将军柏一见倾心，张口就封，等往里再走几步，才知道原来还有更加伟岸壮观的。奈何罢黜百家、独尊儒术的帝王文化已成，“金口玉言”来不及改了，所以后者只能屈做“二将军”。民间戏称树干已部分中空的二将军柏，是愤愤不平，所以才“把肚子气炸了”。可见帝王虽然独断，但公道自在人心。

我见过的古柏，比较著名的还有晋祠里的周柏，如今老了，卧如苍龙；武侯祠的古柏也不少，杜甫说过，“丞相祠堂何处寻？锦官城外柏森森”；剑门古道不少路段都是古柏成行，柏林古镇广善寺门前的古柏 1800 多岁，据说这些是张飞镇守阆中时下令栽的。行走其中，浓荫蔽日，不禁琢磨起“这张飞还真的是‘粗中有细’”！嵩山少林寺附近有个初祖庵，大殿前的古柏前有石碑，说这古柏是禅宗六祖慧能从广东带回种植的，树龄已逾 1300 年。当初得了真传之后，为了躲避同行迫害，慧能去岭南避祸，后来在广州光孝寺剃度弘法，再到南华寺任住持，最终成为一代高僧大德。光孝寺、南华寺我去过多次，并未留意到柏树，反倒是在初祖庵见了。柏树在北方也很多，慧能千里迢迢将其带回去有些不可思议，不过禅宗讲究的那些“顿悟”，哪一桩在外人看了不是不可思议的呢？

去苏州香雪海赏梅的时候，邓尉司徒庙中的 4 株千年汉柏也没有错过，它们相传为东汉大司徒邓禹亲手种植，迄今已有 1 900 余年。冬未尽，春尚早，老梅吐新花，芳香宜人，汉柏写沧桑，清奇古怪；二者相映成趣。

北京天坛里的柏树非常多，柏树成林恰合《周礼》中“苍碧环天”的意境。这些柏树很漂亮，尤其是回音壁外西北角枝干如虬龙盘绕的“九龙柏”，和宰牲亭东北树瘤如花瓣的“莲花柏”。天坛里的古柏都是明朝种的，才 600 多岁，北京城里真要数年岁长的柏树，得去中山公园社稷坛的南门外，那儿有 7 棵参天古柏。这一带本是辽代兴国寺遗址，古柏就是当时留下来的，人称“中山辽柏”，年岁肯定过千了。

从北到南，柏树种类挺多的，中国的柏科植物下面分成了翠柏属、扁柏属、柏木属、刺柏属、福建柏属、侧柏属、圆柏属、崖柏属和罗汉柏属。柏木、圆柏、侧柏、福建柏比较常见。我见那些古柏的时候，并不曾想

拍摄于北京天坛公园

着有一天会心血来潮写写植物，所以也没细究眼前的究竟是哪一种，不过柏木属的藏柏燃烧之后的香气我倒忘不掉——在藏地旅行的时候，寺庙里每天清晨升起的袅袅烟气之中，就有它的芬芳，那香气总是与转经筒发出的叮里咣当声，一并将我从梦中摇醒。

知识扩展

向日葵为什么会向阳？

●向日葵的植株内的生长素在背阴处分泌更多，它的花盘大、能遮挡阳光，花盘的背面生长素分泌得多，就生长得更好、茎秆的这部分更长；而花盘的正面向阳处生长素分泌少，这部分的茎秆就生长缓慢、更短。背面长、正面短，所以，它就向阳倾斜了。

27

被文人墨客遗忘——樟

夏天，摇一把蒲扇，思绪就很容易怀旧，会想起小时候家门口的大樟树和树荫下的家长里短、神言鬼话。作为长江中下游还有华南、西南地区最常见的树种之一，在童年没有空调的一代代人心中，樟树爷爷的年岁有多老，浓荫下欢乐的记忆往往就有多少。

樟树[67]四季常青，而且寿命很长。中华大地上，古樟树到处都是，浙江、福建、江西等省都有成片的古樟树林，这其中，满 500 岁的也不过是个小弟弟，动辄 800 甚至近千年的也不少。

古人喜欢樟树，大多是因为樟木坚硬细密，不易开裂，而且具有独特的樟脑香气，可以防蠹虫。西汉时期的《淮南子》里就提到“伐楩（pián）柟（同‘楠’）

⊙ 浙江省、广西壮族自治区、上海市

豫樟而剖梨之，或为棺椁，或为柱梁”；南宋时期的《后汉书·志·礼仪下》中也说“诸侯王、公主、贵人皆樟棺”。

日常生活中樟木也备受欢迎，经常被用来雕刻神像。在很多地方，樟木箱子曾是新娘陪嫁的标配。建屋、起庙、做棺椁，还有日常的相伴，多少古人的一生，都与樟木有密切的联系呢！

然而，如此受重视的樟树，在记载了诸多植物的《诗经》里却并没有痕迹，后期文人墨客为其妙笔生花的也很少。樟树在长江下游和南方才活得比较滋润，《诗经》里描绘的主要是黄河流域的事，只有少量涉及江汉流域，没提到不奇怪。唐宋时期，中国的经济文

化中心开始逐步向江南转移，樟树本应在文人墨客的笔下展现勃勃生机才是，为何唐诗宋词那么多，写樟的却屈指可数？仅有的那些，也大多是类似柳宗元的《永州八记·袁家渴记》里“有小山出水中……冬夏常蔚然……其

樟树

67

树多枫柟石楠，楩槠樟柚，草则兰芷”，提上一笔而已。

我是很喜欢樟树的。

冬季，江南偶有几场瑞雪，翠青翠青的树冠覆盖着或厚或薄的白雪，看得人虽然觉得冷，内心却越发的精神。对着树干用力踹一下，积雪纷纷落在躲避不及的小伙伴脖子里，冬天的笑，总是激烈又很大声。

春天，樟树的花很不显眼，是近看都看不太清楚的那种细细小小的样子，颜色淡绿，或者带些微黄，像害羞的邻家女孩；不过腋生的圆锥花序比较长，冒过浓密的叶层伸出来，远远望去，仿佛笼了一层迷雾，让人感觉是樟树刚刚经历过严寒，长长地舒了一口气。

夏秋季节，樟树的果实陆续熟了，像一粒粒黑珍珠，有时候到了 11 月份，枝头上还挂着不少，是诸多鸟雀的美食。和它一般黑的乌鸫总是要捷足先登的，八哥、珠颈斑鸠、白头鹎等，这些和人类共居很久的鸟类也大多视其为美味。鸟儿们吃的时候相当浪费，不少果实掉在树下，被人踩过，被车碾过，地面上便爆开了一个个黑色的小印迹，有碍观瞻。不过若是在夏季，暴雨会将其洗去。

樟树四季常青，但总归有新老交替，是以一年四季都有落叶，通常以春季为多。可也许是因为夏天雨后的落叶颜色格外鲜艳，我总在盛夏才会格外留意到这一点。人在樟树下经过，除了那股萦绕的香气，就数陆陆续续打在头上的落叶最引人注意了。老叶选择在盛夏离去，也是为新叶提供生长的机会和空间。对我来说，在盛夏感受落叶，总是不免有些被迫提前“悲秋”之感，又很容易产生“盛极必衰”的哀叹，所以时常会感叹一句：“时间都去哪儿了！”那些落叶想必不会如我，它们的时间都已沉淀在缤纷的色彩当中。以一种绚丽的姿态向世间告别，这本就是件非常美好的事情，所以从枝头飘落的时候，它们打着旋儿，像蝴蝶在飞，轻快、自由、洒脱。

我喜欢樟树，很多老百姓都喜欢，包括鲁迅的家人，否则鲁迅原名就不会叫周樟寿（后来才改的周树人）。为什么唐宋之后的文人墨客不大肯为樟树着墨，我猜也许是樟树四季无甚变化，又多生于乡野，不太适合小家小院里种，与梅兰竹菊之类的相比，可玩性、可赏性太少。

虽然专门写樟树的诗歌不多，杜甫倒是无意间写过樟树的一个重要特征，他在《赠蜀僧闾邱师兄》里写到“豫章（同‘樟’）夹日月，岁久空深根”。

樟树

樟树可以长得非常粗（我曾在漓江边见过要十个人才能合抱的），根扎得深，所以抗风；但到了一定年纪之后，很容易中空——髓心和木质部已经死去并腐烂，甚至出现空心，但树皮（韧皮部）很强悍，树木可以继续生长、增粗，如果没有意外，再过一两百年都不成问题。一些古樟树的“肚子”里甚至可以容下村民搓一桌麻将。中空的大樟树往往还是儿童攀上爬下、躲猫猫的天然游乐场。有些尚未彻底空心的，便成了鼯鼠或者穴居鸟类的家。我小时候去找家在山里的朋友玩，会拿木棒敲打树干，等着看鼯鼠不堪其扰从里面冒出头来，然后一哄而散。

大樟树可以撑起一片绿色的云，那些枝干向上、向四方，很努力又很有气派，令蛰居其下的人觉得特别安心。上海宋庆龄故居的花园里有两株大樟树，我第一次见的时候怔了一下，它们树形正雅平和，和室内地毯上怒放的梅花纹样一起，给我留下了极深的印象。

28

绿绦绕春心
——柳

最近出门少，花鸟难相亲。昨夜忽梦柳，绿绦绕春心。

醒来一想，写写这柳树吧。杨、柳、槐，因为写观鸟、写古迹，白杨树和国槐我都顺带写过，独独将这最动人的柳“忘了”。

我生长在长江边，所言的柳树68就是指垂柳，是再寻常不过的树种——三月邀春风时可入画，亦会被拿来削皮做了供孩童游戏的“花棍”；四月份伴着桃红的柳绿，映着踏青人的眼，偶尔也会挂住风筝，搅和着孩子们的哭闹；五月份便可成荫，人在树下聚着聊天，莺儿在树上对歌；六、七、八3个月份可以在树下粘知了，若是它长在适合游泳的池塘边，还能爬上去做跳水的走

⊙ 安徽省 黑龙江省 福建省 甘肃省 西藏自治区

台，只是要小心别碰了树上的洋辣子（褐边绿刺蛾幼虫），否则不但遭罪，回家免不了还会被发现去玩水了，再招来一顿揍，亏得很；九月份之后似乎就没柳树什么事了，它自动归化为一切的背景，如此周而复始。后来，我慢慢地长大，对柳树的关注也就止于三四月份罢了。

绝世美人如果天天见，喜欢之情大约是不变的，但为之歌赋的激情却难以常有；我未写过柳树，大抵如此。

离开故乡到了北方后，我才知道，柳树并非是长江流域独有的风情。

十六岁的时候，我时常逃课，在东北松花江畔漫无目的地流连，先是被九月金色的白桦林给迷住了眼，接着便是

柳树

惊讶于十月翠青翠青的雪中柳了。在长江中下游，和大多数落叶乔木一样，柳树总是先落尽了叶子，才会迎来寒冬腊月的飞雪。而松花江流域九月底、十月初就能下雪，柳叶却能坚持到十一月不落。细长的柳叶托住偌大一缕白雪，仿佛有了翠竹的傲然气节，真是令我大开眼界。我也因此才意识到，听起来一样的春夏秋冬，只有亲眼见了，才知道会有如此大的不同！

我原本以为柳树就是垂柳，喜欢长在水边，后来发现，华北、东北很多地方将柳树种作行道树，可谓满大街都是，周边却连溪流、水沟都不曾有，更别提池塘、湖泊了；仔细看就会发现，这些长在远离水源的柳树，枝条鲜有下垂，大多高高扬起，只是叶子和树干看上去与垂柳相仿——这些大多是旱柳。在我的印象里，垂柳的柳絮很少会给人们的生活造成困扰，而旱柳不同，一旦柳絮漫天，说是“铺天盖地”也毫不夸张，确实令很多过敏体质的人烦恼。细细想来，倒也不是垂柳的柳絮少，只因大多长在水边，柳絮落在流水中，便没有再飞扬的可能。旱柳有一个变种叫“旱垂柳”，垂枝如帘，模式标本种就出自松花江畔的哈尔滨，当初我所见的雪中柳便是它。因为同样是垂枝，我误以为和我家乡的垂柳是同一个树种，故而惊讶于它的耐寒和耐旱。

柳，音近“留”，这是古人依依惜别时“折柳相送”的由来。白居易写青门柳：“青青一树伤心色，曾入几人离恨中。为近都门多送别，长条折尽减春风。”你瞧瞧，别时容易见时难，大家都快把柳条儿给折没了。在白居易之前，唐代大历十才子之一的韩翃写的《章台柳》则为“垂柳依依”赋予了炙热的爱情色彩。

“章台”本是战国时所建宫殿，在今长安县故城西南隅，据说秦王曾在此接见蔺相如献和氏璧，后世多用于指代长安。“章台柳”即暗喻长安柳氏。柳氏曾经于歌宴之间与韩翃互生情愫。二人婚后翌年，安史之乱爆发，韩翃离京打仗，其间两京沦陷，柳氏被番将沙吒利掳走。长安收复后，韩翃寻访柳氏，便有了这首《章台柳》。

“章台柳，章台柳”，叠句开头，韩翃呼唤得那么急切，“颜色青青今在否？纵使长条似旧垂”两句中的“颜色青青”“长条似旧垂”，将柳氏的青春妙丽和袅袅婷婷的身姿描绘得传神。好诗词不在长短，情真意切即可，此诗不仅被后人称赞，时人也立刻口口相传。

左旋柳

左公柳

柳树木质轻松，主干又鲜有高大耸立者，寿命大多不足百年，故此不堪做大材。然而世人依旧爱之深切，譬如宋代诸多名家写的“章华台外千株柳，翠影如云照碧天”（周密），“未必柳条能蘸水，水中柳影引他长”（杨万里），“东风吹柳日初长，雨余芳草斜阳”（秦观）等。千百年间，有人读起这些文字，那些柳便活了千百年。

此外，西北的左公柳记录了左宗棠守护疆土的丰功伟绩、西藏布达拉宫背后的左旋柳则是人们对文成公主促进交流之举的赞美，这些“柳”事暂且留待以后再说给大家听吧！

柳树本是寻常物，中国人对其并不陌生，只不过这些年的经验已经反复证明，越是寻常的，一旦失去，便越发的苦楚。柳树不至于消失，也是因为众人的爱护与栽培。如今我写柳树，亦是此心。

知识扩展

树皮有哪些作用？

●植物树皮除了保护树木以外，还起着为树木输送养料的作用。树木的根部吸收土壤里的养分，通过树皮运送到树木其他的各个部分。所以，如果树皮被从上到下撕下一块，树木还可以存活，若用小刀环切一块树皮，而且深切到树木的木质部，环切部位以上的其他部分就会死亡。

29

霸道武士的风采
——柳杉

在四川省雅安市荥经县境内的大相岭自然保护区，我第一次留意到柳杉[69]。大相岭属于邛崃山脉，是四川盆地和西昌谷地的天然屏障，平均海拔约 3 000 米。

山高云雾重，翻越大相岭是当年茶马古道上一段十分艰苦的行程。即便是在 2010 年左右，通往垭口最后十公里盘山路的路面依然破碎不堪，很难行车，我想去看高海拔地区的鸟类，只能步行。

步行有利于对鸟类生存环境的细察。当时我正苦于高海拔地区毒辣的阳光，忽然就有了一片荫凉，耳旁也传来山雀的鸣叫声。驻足一看，山路左右的森林全是同一种杉树，主干直立，高大挺拔，枝叶深度墨绿，逆光下如一群冷峻的黑面武士并肩列队。这些树生长得非

⊙ 四川省 江西省 福建省

常密集，树冠层密不透风，森林下方黝黑恐怖，仿佛那黑洞洞的世界里随时会冲出一只吊睛白额的华南虎。我斗胆走进森林里，等眼睛适应了光线后发现，地表上除了黄土，就是这种杉树的主干和侧根，其余再无一物。这就是柳杉林，我被它们整齐划一的霸道，以及对阳光的独占震撼了，同时也不由自主地极度反感。

山雀们在柳杉树冠里歌唱、觅食，听起来近在咫尺，可柳杉的枝叶就像是层层包裹的魔法，将它们遮得严严实实。它们只肯在穿梭于路两边的柳杉林间时，在那短短的 1/2 秒内，陪我玩玩“猜猜我是谁”的游戏。而且显然除了山雀，柳杉林里几乎听不到其他鸟类的叫声，这让我对柳杉更没了什么好感。

我第二次留意到柳杉林是在庐山。

如果你喜欢步行的话，从庐山植物园通往含鄱口的路两边，高大的柳杉林一定会吸引你的目光。

这里的柳杉林没有大相岭那么密集，森林下方阳光充足，给人一片疏朗的感觉。可即便如此，柳杉林下也几乎看不到任何灌丛，柳杉发达的侧根依旧牢牢地盘亘在山坡上，仿佛是担心自己会被山风吹倒，所以拼命地四处扩张，企图抓住大地上的一切，占据一切；鉴于根

柳杉

柳杉的“果实” （摄影：钟悦陶）

69

柳杉

系负责吸收养分和水，这些四处蔓延的侧根看上去就更像是密集的血管或神经网络了。与此同时，柳杉直刺向天的主干简洁明了，与盘亘交错的根系构成鲜明的对比——下半截枝丫早已脱落殆尽，绝无旁枝，上层枝杈层次分明，针叶青葱翠绿。整株树给人的感觉就是：昂扬向上地努力生长，为此一个目标，毫不拖泥带水。

中国科学院庐山植物园里的专家告诉我，柳杉其实不算抗风。可也许是含鄱口的云雾太浓，也许是山风呼啸逼得人退避三舍，柳杉这种刺破苍穹的快感和企图站稳脚跟的倔强反倒让我对它多了一丝好感。

不过，柳杉林里没什么鸟这件事在庐山再次得到印证。其实整个庐山上，除了到处呱噪的小嘴乌鸦，其他鸟类都见不到几种。原因不难理解，庐山牯岭作为避暑胜地，那一带的植物几乎都是人工林，以槭树、枫树、松、柏、杉等居多，色彩、形态各具其美，但和原始森林甚至原始次生林相比，多样性严重不足，无法给不同的鸟类提供充足的食物来源。

柳杉树皮呈红棕色，有垂直的条纹，和柳树的条纹类似；不足 1 厘米的针叶是柔软的，排成螺旋形，像无数个细细的内收的小爪子，远看一缕缕如柳叶般下垂，故而得名。柳杉是风媒植物，开花期在每年 2 至 4 月。雄花很小，密生于枝条顶端，开花时会释放大量花粉。雌花为球形，拇指头大小，鳞片密生，表面有小刺，有些扎手，所以还是不碰为好。密林里的柳杉为了争夺光线，会像白桦树一样快速窜长，又瘦又挺，但如果空间足够，独自一株的柳杉最高可达 70 米左右，直径能到 4 米左右，而且主干笔直依旧，侧枝也同样会枝繁叶茂：挺立不让古松，冠型不输古榕，遒劲不亚古柏，确实会让人忍不住称赞。

有意思的是，现代科研似乎表明，中国长江以南广为分布的柳杉，其实是日本柳杉的变种。日本柳杉是松柏门柏科柳杉属中的唯一一种植物。在日本，日本柳杉林约占日本全国 12% 的土地，这是非常令人惊讶的数字，也是导致日本“花粉症”广泛出现的主要原因之一。

这些日本柳杉林和我在庐山上看到的柳杉都比较疏朗，底层鲜有灌丛，矮草尚可生长。

拥有大面积柳杉林的庐山牯岭，是著名避暑胜地，福建省福州市鼓山上的鼓岭与之类似。鼓岭的柳杉多种在门前，是此地消暑别墅的特色。在柳杉这件事上，尽管总种植面积不如庐山，鼓山却因拥有一株 1 300 多岁的柳杉王在我心中胜出一筹。

即便是雷电已经令柳杉王的主干折断，其茂盛的侧枝依然令大树风采亘然。无人知晓它的来历，漫长的岁月里，它已经演变成附近居民心目中的神灵，享受着香火的日夜祭拜。即便是它身下的一口古井，距今也快有1 000 年的历史了。如今的人们专门为它设立了一个公园，并在大树四周种上了灌丛，还修葺了花台，邀请盛开的绣球花来与其作伴。

这与我印象中霸道但生机无限的柳杉形象有些冲突。当然，有了人工看护并且提供养分和水，柳杉和其他的植物都能长势良好，相安无事——谁会在资源充沛的时代你死我活地竞争呢？不过家在福州的朋友告诉我：她小时候来看柳杉王时，树下就是光秃秃的。是啊，“大树底下好乘凉”不假，但大树底下寸草不生，同样是生活的真相。

鼓岭的宜夏别墅阶前的两株柳杉刚过百年，我在别墅的长廊上坐着小憩的时候，望着这两株已经粗到要两人合抱的大树，心想，若是没有它们，这个别墅大约是要换个名字的。

其实除了遮阴，柳杉叶子燃烧时产生的烟气用来祛除蚊虫，效果再好不过了。柳杉笔直的主干更是良材，纹理均匀，韧性好，既容易干燥、好加工，又能耐一定程度的潮湿而不变形，而且木有清香，不易招

福州鼓山上的老别墅和柳杉

白蚁，在木结构建筑中运用广泛。除了观鸟和看植物，我也很喜欢木结构的古建筑，这么一来，我当初对柳杉恶劣的第一印象也就渐渐没了。毕竟它只是为了生存，我自己的好恶没理由让它凭空承担。

据说浙江天目山有很多宋末元初时僧人们种下的柳杉，甚至还有一棵年纪超过 1 500 岁的？我琢磨着什么时候找机会也去瞧瞧，同时也忍不住地想：谁要是能弄清楚当初究竟是谁种下了它就好了，那个研究者，会不会是我的读者中的某一个青少年，未来的植物学家或者历史学家？

知识扩展

如果生存条件合适，大树可以无限制长高吗？

●不可以。树木想要长高，首先得保证根茎系统吸收的营养与水分可以顺利供给到树梢，支持枝条和叶片的生长。与人体内动静脉循环类似，树木体内也有两种循环全身的树液——韧皮部树液和木质部树液，它们携带着细胞所需的所有营养物质，而后者正是树木由下至上运输的重要帮手。

●但是，想要沿着树干把营养运输给整棵树，树木必须完成一个所有地球生物永恒的命题：克服重力。蒸腾作用、毛细作用和根压是木质部应对重力的三大法宝。当叶片进行光合作用时，树叶会打开气孔，水分也随之蒸发——这便是蒸腾作用。此时木质部中产生负压，将木质部树液向上拉。毛细作用也会在此时助一臂之力：在微小管道里，水分子间的吸引力、水与周边物质的黏结力会战胜重力，让树液不断上升。同时，树根部的渗透作用也会产生根压，将新鲜的树液推上树干。这三种力量将树液提升到离地近百米的高度，完成营养的派送，促进树梢生长。

●不过，法宝也是有极限的。受基因控制，木质部内树液的体积始终有限，当达到一定的高度之后，根部的水分无法及时到达顶梢，就会导致叶片的枯死。此时的树木会停止生长，将营养送到现有的枝叶上。因此，即使是在理想的生活条件下，树木也不会无休止地长高。

“知识扩展”索引附录

图书在版编目（CIP）数据

走！跟着山鹰识花草 / 朱敬恩著. — 广州 : 广东科技出版社, 2024.3
（大自然博物记）
ISBN 978-7-5359-8046-5

Ⅰ. ①走… Ⅱ. ①朱… Ⅲ. ①散文集 — 中国 — 当代 Ⅳ. ①I267

中国国家版本馆CIP数据核字（2023）第243815号

走！跟着山鹰识花草
ZOU! GENZHE SHANYING SHI HUACAO

出 版 人：严奉强
选题策划：王 蕾 招海萍
特约主编：叶 瑛
责任编辑：招海萍
书籍设计：张志奇工作室
插 图：张志奇工作室
责任校对：陈 静
审 读：龙春林
责任印制：彭海波
出版发行：广东科技出版社
（广州市环市东路水荫路11号 邮政编码：510075）
销售热线：020-37607413
https://www.gdstp.com.cn
E-mail：gdkjbw@nfcb.com.cn
经 销：广东新华发行集团股份有限公司
印 刷：广州市岭美文化科技有限公司
（广州市荔湾区花地大道南海南工商贸易区A幢 邮政编码：510385）
规 格：889 mm × 1 194 mm 1/32 印张7.25 字数174千
版 次：2024年3月第1版
2024年3月第1次印刷
定 价：49.00元

如发现因印装质量问题影响阅读，请与广东科技出版社印制室联系调换（电话：020-37607272）。